백만 원짜리 엄마

백만 원짜리 엄마

박수진 장편소설

다산책방

차례

프롤로그 6

1. 겸손하면 진다 9

2. 나? 최민찬 엄마 52

3. 얼굴 보고 토킹 100

4. 모두의 애니 136

5. 오타니가 되어주는 수밖에 153

6. 미처 실패하지 못한 상상 174

7. 인류애의 세계 195

8. 달의 10번 출구 215

9. 한복판에 스트라이크 238

에필로그 260

작가의 말 264

추천의 말 270

프롤로그

‘처음’은 늘 이유 없이 사람을 비장하게 만든다. 첫눈, 첫인사, 첫 경기, 첫 승리, 첫 패배, 첫사랑 그리고 첫 모의고사. 그렇다면 ‘비장하지 않은 처음’도 있을까? 첫 코딱지, 첫 김치, 첫 계란프라이, 첫 민들레, 첫 강아지. 에이, 첫 코딱지는 어쩐지 흔적 없이 말끔하게 잘 파내야 할 것 같아 비장하다. 첫 김치는 꼬맹이들에겐 엄청난 도전이기에 두말할 것 없이 비장하다. 계란프라이도 민들레도 강아지도 마찬가지다. 망가트리고 싶지 않은 마음에 어쩔 수 없이 비장해진다.

그럼 이건 어떨까. 내가 지금 만나러 가는 첫 엄마.

첫 엄마라. 피식 웃음이 터졌다. ‘첫 엄마’의 의미를 곱

씹어 봤다. 그건 나에게 엄마가 한 번도 없었다는 의미이고, 두 번째 혹은 다섯 번째 엄마가 생길 수도 있다는 의미이기도 했다. '엄마'라는 단어가 '비장하지 않은 처음'에 적합한지는 잘 모르겠으나, '처음'과 가장 어울리지 않는 단어라는 것은 분명했다.

엘리베이터 앞에 도착한 나는 버튼을 눌렀다. 저 위에서 나를 기다리고 있을 첫 엄마를 만나기 위하여.

1.
겸손하면 진다

나는 지금 고등학생이 되고 처음 치르는 모의고사 날에 공식적으로 땡땡이를 치고 있다. 조용한 복도를 한가로이 걷다가 1학년 2반 교실이 보이자 일부러 창문에 바투 붙어 영은이를 찾았다. 내 오랜 마누라 영은이는 맨 뒷자리에 앉아 지루하다는 듯 머리를 긁고 있었다. 난 비장한 표정으로 왼손 엄지를 치켜들었다. 눈이 마주친 영은이도 나처럼 비장한 표정을 지으며 왼쪽 손가락을 치켜들어 보였다. 가운뎃손가락이라는 게 다른 점이었지만.

오해가 있을까 봐 짚고 넘어가는데, 영은이는 이름만 보면 공부를 잘하는 내성적인 여자애 같지만 사실은 남자이며, 현생에서 공부는 취급하지 않기로 한 쾌남이다. 또한

'마누라'는 야구에서 투수가 포수를 부를 때 쓰는 말인데, 비슷한 호칭으로는 마님, 안방마님, 중전, 배터리 등이 있으니 상식으로 알아두면 좋겠다. 최민찬의 알.쓸.신.야. 알아두면 쓸모 있는 신통방통한 야구 사전. 쉽게 풀어드리자면 나 최민찬은 풍향고등학교 야구부의 투수이고, 영은이는 포수이며, 나는 남자를 좋아하는 스타일은 결코 아니다, 정도로 설명할 수 있겠다.

가장 아랫줄에 있는 내 신발장 비밀번호를 누르려고 허리를 숙이자 백팩이 스르륵 흘러내려 뒤통수를 때렸다.

"아야."

가방이 흐르는 순간 움찔했지만 이내 깨달았다. 지금 메고 있는 건 야구 배트 두 개와 헬멧, 각종 보호대, 스파이크, 선글라스, 장갑, 후드티까지 알차게 넣어 다니던 야구 가방이 아니란 사실을 말이다. 오래간만에 멘 고등학생다운 백팩 속에는 오늘 만나게 될 엄마 후보들의 이력서 몇 장이 들어 있을 뿐이었다. 평소에 메던 8킬로그램은 족히 나가는 야구 가방에 비하면 빈 가방이나 다름없었다. 나는 운동화를 집어 들고 허리를 쭉 폈다. 고등학교에 입학하고 거의 입을 일이 없었던 빳빳한 교복이 어색했다.

"매일은 못 입겠다."

운동화를 신고 1층 출입구 전신 거울 앞에 서서 교복이 구겨지진 않았는지 신중하게 살폈다. 어젯밤 10시까지 이어진 야간 훈련을 마친 뒤 칫솔 하나 들기도 힘든 팔을 어르고 달래며 한 다림질이 헛수고가 되면 좀 아까우니까 말이다. 만약 이 칼주름 위에 파리라도 앉는다면 그대로 둘로 쪼개지고 말 것이다. 농담이 아니고 농담 섞인 진담도 아니고 완벽한 진담이다. 왜냐하면 내가 야구만큼 잘하는 것이 바로 다림질이기 때문이다.

우리 할머니인 김애기 여사가 그랬다. 엄마 없는 티를 내지 않으려면 무조건 옷차림이 빳빳하고 깔끔해야 한다고 말이다. 깔끔하기만 하면 되지 꼭 빳빳하기까지 해야 하냐고 물었을 때 김 여사는 말했다.

"여지를 주지 말아야 한다, 여지를!"

여지라. 여지가 무슨 뜻인지 정확히는 알 수 없었지만 대충 짐작할 수는 있었다. 하지만 열 살도 안 된 어린이가 여지를 주지 않기 위해 손에 든 커다란 함선 모양의 다리미는 몹시 무겁고, 뜨거웠다. 그리고 김 여사는 몰랐다. 엄마 없는 티는 구김 없이 빳빳한 옷 따위로 가릴 수 없다는 것을 말이다.

"아이고, 최 투수. 교복 쫙 빼입으니까 아주 다른 사람 같으네. 안 그래도 큰 키가 더 커 보여."

교문에 가까워지자 경비 초소를 지키던 보안관 윤 선생님이 목을 쭉 빼고 손을 흔들었다.

"안녕하세요."

허리를 숙여 인사하고 고개를 들어 보니 어느새 초소를 나온 윤 선생님이 내 눈앞에서 악수를 청하고 있었다. 나는 윤 선생님이 다급히 내민 손을 두 손으로 맞잡았다.

"최 투수, 모자 벗으니 어쩜 이렇게 잘났는가? 탤런트 같으네, 탤런트. 근데, 어디 가? 지금 모의고사 시간 아녀? 아이고, 아무튼 모자를 벗으니까 이렇게 잘났네. 꼭 탤런트 같어. 아니, 아이돌 같어! 근데, 어디 가?"

윤 선생님은 늘 나를 '최 투수'라고 부른다. 투수가 사장이나 회장 못지않은 높은 사람이라도 되는 것처럼. 그것도 꼭 '아이고'라는 추임새를 붙여서 말이다. 그때 교문으로 지각생 한 명이 들어왔다. 얼굴을 보니 몸이 아파 병원에 들렀다 오는 모양이었다.

"어이, 지영이. 이제 등교하는 거야? 얼굴이 좀 안 좋네. 천천히 빨리 들어가 봐. 2교시 아까 벌써 시작했어. 아참. 근데, 최 투수는 어디 간다고?"

'아이고 최 투수'와 '어이 지영이'라. 묘하게 대접받는 느낌이 들었다.

"아, 구청에 볼일이 있어서요. 공가 처리되는 일이라 교장 선생님 허락받았는데, 공문 보여드릴까요?"

사실 가방을 열고 공문을 꺼내는 건 여간 귀찮은 일이 아니다. 일부러 손목에 찬 시계를 느리게 보며 한쪽 가방끈을 벗는 시늉을 하던 찰나, 저 멀리 급식실 건물에서 조리사 오 여사님과 김 여사님이 기지개를 켜며 나오는 게 보였다. 윤 선생님은 재빨리 등을 돌리며 말했다.

"어어, 아니, 아니. 괜찮어, 괜찮어. 천천히 빨리 가봐."

그러고는 전에 없이 환한 표정으로 급식실을 향해 돌진했다.

"아이고, 급식실의 새로운 수장 우리 오 실장님! 모닝커피는 드셨는가? 어이, 김 여사. 위에 조리복 단추 풀렀다."

두 여사님의 등장으로 명확해졌다. 윤 선생님은 감투를 좋아하며 그 사실을 숨기는 데 별로 관심이 없다. 나는 다시 손목시계를 봤다. 이번엔 정말 시간을 확인해야 했다.

버스에서 내리니 코앞에 구청이 있었다. 정사각형 모양의 가운데 건물 양옆으로 막대기처럼 긴 건물 두 개가 날개처럼 달린 용남구청은, 상상보다 웅장하고 예상보다 늠름하고 어딘가 빳빳하고 틀림없이 비장했다. 나는 숨을 크게 한 번 고른 뒤 가운데 건물로 터벅터벅 걸어갔다.

마침 엘리베이터가 1층에 도착했다는 표시등이 켜졌다. 황금색 엘리베이터 문에 비친 교복을 입은 내 모습이 열리는 문과 함께 스르륵 사라졌다. 나는 크게 한 걸음을 내디뎌 엘리베이터 안으로 들어가 11층을 눌렀다.

그때, 저 멀리서 반소매 티셔츠를 입고 선글라스를 낀 남자가 엘리베이터를 향해 폭주하듯 달려오는 모습이 보였다. 남자의 몸집을 보니 흡사 외야 플라이볼 상황에 삼루에서 홈베이스로 질주하는 이대호 같았다. 아, 너무 나갔나. 레전드 이대호 선배님을 지나가는 행인 1에게 빗댈 수는 없지. 문보경 선수 정도로 해두는 게 좋겠다.

"잠깐! 거기, 거기! 군청색 학생!"

선글라스 낀 문보경이 나를 보며 다급하게 손짓했다. 배려심이 많은 나는 이미 열림 버튼을 누르고 차분하게 기다리고 있었다. 문보경이 헐레벌떡 엘리베이터에 올라타자 나는 열림 버튼에서 손을 뗐다.

"고마워, 군청색 학생. 어우. 학생이 아주, 덩치가, 응? 상당하네."

문보경은 나를 힐끔 쳐다봤다. 덩치로 따지자면 그가 내게 할 말은 아닌 것 같았다.

"몇 층 가세요?"

"나도 11층. 근데, 학생이 이 시간에 이렇게 막 돌아다녀도 되나? 수업 시간 아니야?"

나의 열일곱 인생을 되짚어 봤을 때 처음 보는 사람에게 격의 없이 사적인 질문을 툭툭 던지는 어른은 딱 세 종류로 분류된다. 첫 번째, 투 머치 토커다. 두 번째, 어른임을 과시하고 싶다. 세 번째, 외롭다. 그에게선 첫 번째의 향기가 물씬 풍겼다.

"공식적인 조퇴거든요."

"오호, 공식적인 조퇴 좋네."

문보경은 엘리베이터에서도 선글라스를 벗을 생각이 없는 듯했다. 거의 봄이라고 쳐도 무방한 계절이긴 하지만 아직 겨울의 지분이 3할 정도는 남아 있는 날씨에 반소매 티셔츠는 좀 성급하지 않나 싶었다. 여러모로 스트라이크존 안에 들어가는 사람은 아닌 듯했다.

"근데, 학생이 이 시간에 공식적인 조퇴까지 하면서 구청에는 왜 왔나?"

이로써 문보경은 스트라이크존 안에 들어갈 생각이 없

는 투 머치 토커인 게 확실해졌다.

"남이사요. 그러는 아저씨는요? 다 큰 성인이 이 시간에 일도 안 하고 고딩이랑 노닥거려도 되는 건가."

나란히 앞을 보고 서 있던 문보경이 내 쪽으로 고개를 돌리는 게 느껴졌지만, 나는 9에서 10으로 바뀌는 층수를 뚫어지게 쳐다보며 왼쪽 어깨를 돌려 스트레칭을 했다.

"공식적인 구직 활동이다, 짜샤."

나는 어깨를 한 번 으쓱했다. '그러거나 말거나'를 대신한 몸짓이었다. 곧 엘리베이터가 멈추자 문보경은 완전히 열리지도 않은 문틈 사이로 몸을 구겨 넣어 빠져나가다 뒤를 돌아 나를 쳐다봤다.

"군청색 학생, 안 내려?"

나는 선글라스에 가려진 눈이 아닌 문보경의 오른팔을 봤다. 아니, 볼 수밖에 없었다. 그 오른팔에는 반소매로는 가려지지 않는 커다란 흉터가 있었다. 아름다운 에메랄드빛 바다에 유출된 석유 같은 막막한 모양의 흉터였다. 가릴 생각이 있었다면 긴소매를 입었을 것이다. 역시 스트라이크존 안으로 들어갈 생각이 없는 게 틀림없었다.

"행운을 빌어요."

문보경은 어깨를 한 번 으쓱했다. 그러거나 말거나. 서둘러 걸어가던 그가 갑자기 뒤돌아 소리쳤다.

"군청색 학생, 혹시 야구해?"

나는 천천히 엘리베이터 밖으로 나가서 문보경과 반대편으로 걸어갔다. 그러고 보니 문보경과 나는 눈높이가 같았다.

면접을 시작하기로 한 11시 15분까지는 아직 여유가 있었다. 미리 안내받은 소회의실을 찾으며 11층을 슬렁슬렁 돌아다니고 있는데 등 뒤에서 나를 부르는 소리가 들렸다.

"민찬 군? 최민찬 군?"

뒤를 돌아 대답하려 했으나 나를 향해 달려오는 사람을 보고 잠시 할 말을 잃었다. 참 신비로운 생명체가 아닐 수 없었다.

"민찬 군 맞죠? 유니폼 입고 올 줄 알았는데 교복을 입었네요. 어쩜, 참 멋져요."

우선 생물학적으로는 남성이 확실한 것 같았다. 업소용 냉장고와 나란히 놓고 보더라도 결단코 뒤지지 않는 체격을 가진 '알파 메일'이었다. 하지만, 정가운데부터 시작해 가지런하게 가르마를 타 쪽을 찌듯이 묶은 길고 까만 생머리는 고전적인 조선 미인을 연상케 했다. 게다가 묘하게 단아하고 참한 손짓과 발짓, 더없이 상냥한 말투까지 종합해 보면 내 눈앞의 사람은 감히 한 단어로 정의할 수 있는 생명체가 아니었다.

"아, 저는 가족 지원센터 담당자 강릉이에요. 계속 연락 주고받았던."

면접을 잡아준 가족 지원센터 공무원이었다. 어떤 생명체인지는 우선 판단을 유보하고 고개를 숙여 인사했다. 공무원은 인자하게 웃으며 내 등을 톡톡 쳤다. 공무원의 이마에 맺힌 땀이 목덜미를 타고 섬진강 줄기처럼 여러 갈래로 퍼져 흐르고 있었다. 굽이굽이.

"소회의실은 이쪽이에요."

앞장서서 걷는 공무원의 걸음걸이에서는 소리가 날 것 같았다. '뚜벅뚜벅'도 '쿵쿵쿵'도 아닌 '종종종종'. 나는 자꾸만 갸우뚱하는 고개를 간신히 붙잡고 발걸음을 맞췄다. 종종종종. 공무원은 나를 보며 따뜻한 눈빛으로 웃었다.

"전화로 미리 설명해 드렸듯이 오늘 면접자는 민찬 군이 이력서 보시고 선택한 두 분이에요. 한 분당 배정 시간은 20분이니까 11시 55분쯤 끝날 것 같아요."

나는 가만히 고개를 끄덕였다.

"사실 면접자를 두 분만 선택하셔서 조금 놀랐어요. 민찬 군이 요청하신 채용 조건이 다른 신청자들에 비해서 무척 간결한 편이라 지원자가 평균보다 세 배 이상 많았거든요. 보통은 여러모로 까다로운 조건들이 많아서……."

공무원은 자기 말에 화들짝 놀라며 가지런하게 모은 손으로 입을 가렸다.

"어머, 실수. 다른 지원자분들을 비하하는 건 아니었어요. '까다롭다'라는 표현은 '섬세하다'라고 바꿀게요."

공무원은 주머니에서 손수건을 꺼내 인중에 맺힌 땀을 닦으며 열려 있는 소회의실 문안으로 먼저 들어갔다. 밋밋하고 단조로운 하얀색 손수건이 왠지 아쉬웠다. 좀 더 개성 있는 걸 쓸 줄 알았는데.

회의실에 들어가 보니 가운데에 둔 긴 책상의 양쪽에 의자가 하나씩 놓여 있었다. 서류철과 볼펜이 가지런히 올라와 있는, 출입문이 정면으로 보이는 쪽이 내 자리인 것 같았다. 학교에서 선생님과 상담하거나 야구부 감독님과 면담할 때 앉곤 했던, 질문을 받는 자리의 반대편. 조금 성공한 어른이 된 기분이 들었다. 역시나 공무원은 그쪽 의자를 쭉 빼고 어깨에 멘 가방을 받아줬다. 나는 가볍게 목례하고 자리에 앉아 챙겨 온 서류를 꺼냈다. 이번엔 크게 성공한 어른이 된 기분이 들었다.

"어, 이력서 안 꺼내셔도 돼요. 제가 두 분 것 모두 출력해 뒀어요. 여기 책상 위에."

"메모해 둔 내용이 있어서요. 가져온 거 볼게요. 감사해요."

"아유, 참 섬세하네요, 민찬 군. 어머! 지금 말한 섬세하다는 아까처럼 까다롭다는 의미가 아니고 준비성이 철저하다, 꼼꼼하다는 의미인 거 아시죠? 어쩜, 제가 오늘 실수가 잦네요."

공무원은 다시 손수건을 꺼내 목덜미에 흐르는 땀을 닦았다. 그리고 손수건을 반대편으로 접는 순간, 아까 내가 미처 발견하지 못했던 게 보였다. 윙크하고 있는 네잎클로버였다. 볼이 빨갛게 물든. 볼 빨간 네잎클로버는 이렇게 외치고 있었다. '아프니까 청춘이다!^^' 빨간 얼굴로 윙크하는 네잎클로버의 눈에 어쩐지 공무원처럼 땀이 흐르고 있을 것 같았다.

"알아요, 담당자님. 실수하지 않으셨어요."

"어쩜, 너그럽기도 해라. 고마워요, 민찬 군. 그럼 면접 시작할까요? 그런데 저 민찬 군 채용 조건 보고 완전 팬 됐잖아요. '최민찬의 모든 야구 경기를 직관해야 함.' 캬. 박력에, 낭만에, 우리 민찬 군이 다 하네요. 게다가 다른 신청자 분들은 섬세한 조건을 기본 다섯 개씩 깔고 가는데 민찬 군은 딱 그 조건 하나뿐이잖아요. 멋짐 폭발이야, 정말! 아, 제가 다른 신청자분들을 비하하는 게 아니…….”

“근데 담당자님. 보통 다른 신청자들은 어떤 섬세한 조건을 원해요? 궁금해요. 제가 좀 유별난가 싶기도 하고, 좀 더 섬세해져 볼까 싶기도 하고.”

내가 신청한 공공서비스는 보호자가 없는 미성년자를 대상으로 나라에서 무상으로 지원하는 가족 지원제도라 신청자는 대부분 내 또래일 가능성이 컸다. 아주 어린 아이들은 보호자가 없으면 보육원에 들어가니까. 나랑 비슷한 환경에 처한 친구들은 어떤 부모님을 원하는지 좀 궁금했다.

“음. 천차만별인데요. 일단 가족 지원 공무원 시험을 통과한 분들이니까……. 사회적으로 자녀가 있는 부모에게 기대하는 역할은 모두 수행할 수 있어요. 하지만 민찬 군. 그런 말 들어봤죠? 엄마도 엄마가 처음이라, 아빠도 아빠가 처음이라, 그런 말들.”

“들어본 것 같아요. 이번 생은 처음이라. 뭐, 그런 거?”

“아유. 아주 영특해요. 맞아요. 처음이 주는 두려움이 있잖아요. 신청자들도 이왕이면 경력이 많은 숙련자를 채용하고 싶은 게 당연할 테지요. 초보 엄마, 초보 아빠가 아닌 아이 서넛은 키워본 경험치 만땅인 엄마, 아빠.”

그런 엄마는 나에게 필요 없었다. 하지만 어떤 의미인지는 알 것 같아서 고개를 끄덕였다.

"보통은 경력이 많은 분을 선호하고, 남성보단 여성을 선호하고요. 더 세부적으로는 조리사 자격증을 가진 분이면 좋다거나, 성적 향상에 도움을 줄 수 있는 분이면 좋겠다는 조건도 있고요. 아, 실제로 가족 지원 공무원으로 17년째 근무하고 계시는 양 선생님 같은 경우는 고3 엄마만 네 번을 하셨어요. 애들 대학 보내는 데는 이골이 나셨죠. 그런 분들은 성과가 쌓여서 호봉도 무척 높으신 데다 가족 지원 센터장님께서 직접 관리하는 리스트에 올라가 있어요. 맛있는 아침밥 냄새로 잠을 깨워줘야 한다거나, 깜짝 생일 파티를 해줘야 한다거나, 갑자기 비가 내리는 날 우산을 들고 교문 앞에서 기다려줘야 한다거나, 그런 조건들은 참 앙증맞고 귀엽죠. 저라도 해주고 싶어요. 지금 당장이라도요."

공무원은 꿈꾸는 표정으로 수줍게 웃으며 꼼지락대던 손을 쳐다봤다. 내가 필요한 엄마는 요리를 잘하는 사람이 아니었다. 공부를 잘 봐주는 사람도, 청소나 빨래해 주는 사람도 아니었다. 그런 건 아무런 상관이 없었다. 하지만 방금 공무원이 읊었던 모든 역할에 제일 잘 어울리는 사람은 바로 공무원 자신이라는 생각이 들었다. 분명히 그랬다.

"담당자님도 가족 지원 자격 취득하세요. 무지 잘 어울리실 것 같은데."

"저처럼 평범하지 않은 외모를 가진 사람을 누가 가족 삼고 싶겠어요. 이렇게 크고."

공무원은 양팔을 한껏 벌려 몸을 부풀리며 말을 잠시 멈췄다.

"이렇게 이상한데."

공무원의 마지막 말은 잘 들리지 않았다. 그래서 오히려 들어줬으면 하는 것처럼 느껴졌다. 대관령에서 묵묵하게 돌아가고 있는 풍력발전기 같았다.

"아, 여기 면접 시작 안 해요? 기다리다 목 빠져 죽겠네. 21분이야! 어이, 강원도! 강원도 양양!"

얼굴에 있는 모든 구멍이 잔뜩 확장된 공무원은 부리나케 회의실을 나가며 문을 닫았다. 근데 저 조심성 없는 목소리, 어디서 들어봤는데.

"만호 씨! 아유 참. 조용, 조용!"

"왜 바쁜 사람 불러놓고 제때 시작을 안 해요, 응? 빨리 끝내고 밥 먹어야 하는데. 근데 면접 시작 시각이 뜨뜻미지근하게 11시 15분이 뭐예요? 내가 가만 생각해 봤는데, 나 20분, 내 뒤에 20분, 55분에 끝나면 5분 뒷정리하고 12시 딱 맞춰서 밥 먹으러 가려는 거 아니에요? 맞지? 내가 소름 돋게 딱 맞혀서 강원도 평창 씨 좀 창피하지?"

맞았다. 스트라이크존 안에 들어갈 생각이 없는 투 머치 토커. 아마 지금쯤 공무원은 바지 주머니에서 손수건을 꺼내 땀을 닦고 있을 거다. 안 봐도 눈에 선하네.

"쉿, 쉿! 만호 씨. 목소리 좀 낮춰요. 미안해요. 바로 시작할게요. 선글라스는 들어가기 전에 벗으실 거죠? 네? 그러실 거죠?"

"뭐 5분이면 끝나겠지? 야구 소년 안에 있어요? 야구 소년한테 강원도 대관령이 자기 멋대로 나 취업시켜 버리려고, 아니 해치워 버리려고 몰래 이력서 넣었다는 거 말했어요? 야구라면 질색한다는 것도 말했어요? 사실 질색이라는 말도 상당히 너그럽지. 말했으면 이 면접 5분이면 차고 넘칠걸? 아니다, 3분이면 되겠다. 3분이면 카레도 끓이는 세상인데. 그나저나 대관령 씨, 오늘 머리 상당히 곱네. 댕기 하나 달아도 되겠어."

투 머치 토커의 목소리가 누군가 들으라는 듯이 점점 더 커졌다. 그 누군가는 야구 소년이 분명했고, 그는 야구 소년의 가족이 되고 싶은 생각은 맛소금 한 톨만큼도 없다는 사실을 사전에 알리고 싶어 하는 것 같았다. 당연히, 야구 소년은 나다.

"만호 씨, 목소리 좀!"

공무원은 거의 울기 직전이었고 그를 구할 수 있는 사람도 당연히 야구 소년, 나다.

"엄만호 씨, 들어오세요."

닫힌 문을 바라보며 외쳤다. 문이 열리자마자 투 머치 토커와 눈이 마주쳤다.

"어! 군청색 학생!"

반가움이 섞인 말투였다. 그는 선글라스를 벗어서 티셔츠 목에 걸며 맞은편 의자로 걸어왔다.

"엄만호 씨, 앉으세요."

투 머치 토커는 '푸핫' 하고 웃음을 터트렸다.

"네, 네, 알겠습니다. 그럼 자리하겠습니다. 면접관님."

자리에 앉으면서도 뭐가 좋은지 연신 실실댔다.

"이렇게 보니까 또 상당히 반갑네. 어쩐지, 군청색 학생 아까 보니까 덩치도 덩친데, 어깨 돌리는 폼이 팔 좀 쓰는 학생인 것 같더라고."

투 머치 토커의 수다에 일일이 답하는 일은 매우 우매한 짓이라는 걸 엘리베이터에서부터 몸소 깨닫고 있었다.

나는 그의 이력서를 다시 읽었다. 아니, 읽는다는 표현은 어울리지 않았다. 그의 이력서는 자격 등록 사항 외에는 빈칸이라고 봐도 무방했다. 성장과정은 '이 정도로 자란 건 인간 승리', 지원 동기는 '밥벌이', 직무 역량은 '해봐야 알 듯', 성격의 장단점은 '인간 다 비슷함'. 차라리 빈칸으로 두는 편이 현명한 선택이었을 듯했다. 그런데 내 눈길을 사로잡는 부분이 있었다. 바로 '취미와 특기' 항목이었다. 거기 적힌 것은 문장도 아닌 단 한 단어, '계란'이었다. 취미가 계란이며 특기도 계란이라니. 엄청난 궁금증을 유발하는 답변이 아닐 수 없었다. 물론 대부분은 의아함을 느끼며 부정적인 감정을 느끼겠지만, 나에게는 긍정적인 호기심을 불어넣어 줬다. 온갖 멋들어진 미사여구와 휘황찬란한 경력으로 가득한 화려하고 빈틈없는, 그래서 느끼하고 피곤한 이력서들 사이에서 투 머치 토커의 이력서는 요령 없이 한복판에 꽂아 넣는 직구 같았다.

'아, 다 모르겠고. 나 엄만호야. 나 엄만호인데 어쩌라고. 내가 나인 걸 어떻게 증명하란 거야.'

아, 엄만호는 투 머치 토커의 이름이다. 엄만호의 이력서는 자신의 이름처럼 세련되지 못하고 투박했다. 그래서 개운했다.

우리 할머니 김애기 여사는 좋아하는 것보다 싫어하는 것이 더 많았다. 사실 김 여사가 좋아하는 건 딱 둘밖에 없었다. 김 여사의 종교나 다름없었던 많을수록 좋은 돈, 그리고 하나밖에 없는 손자인 나 최민찬. 그뿐이었다. 그 외의 것에서 좋은 점을 발견하며 다정한 마음을 갖기엔 김 여사는 몹시 바쁘고 피곤했다. 사실 김 여사는 별로 싫어하지 않는 것들도 따져보지 않고 '싫다'의 범주 안으로 밀어 넣으며 안도하는 듯 보였다. 부드러워, 까끌거려, 따가워, 간지러워 같은 촉감도. 귀찮아, 졸려, 성가셔, 징그러워 같은 기분도. 보고 싶어, 그리워, 걱정돼, 슬퍼 같은 감정도. 전부 '싫다'라는 단어 하나로 퉁쳐버렸다.

김 여사의 가슴속에는 양팔저울이 있었다. 저울의 오른편에는 좋아하는 것을, 왼편에는 싫어하는 것을 올려두고 한쪽으로 기울어지지 않게 가만가만 균형을 잡았다. 사실 돈과 나로만 가득 찬 오른편이 너무 무거워서, 왼편에는 대충 밀어둔 나머지가 아슬아슬하게 쌓여 있었다. 그것이 요령을 모르는 김 여사가 삶을 살아가는 방식이자 본인의 오른편을 지키는 최선의 방법이었다.

그중에서 김 여사가 압도적으로 싫어했던 것은 과대 포장이었다. 과대 포장된 물건의 포장지를 벅벅 잡아 뜯고 꾹

꾹 뭉치던 김 여사는 몹시 억울하고 분한 눈빛이었다.

"하등 아무짝에도 도움 안 되는 것들, 남을 속이면서 자신을 속이는 것들, 빛 좋은 개살구들, 술에나 처담글 것들."

그러고는 꾹꾹 구긴 포장지를 바닥에 내려놓고 다시 판판하게 손으로 문질러서 차곡차곡 갰다. 하지만 한 번 구겨진 포장지는 아무리 문질러도 처음처럼 펴지지 않았다. 한번은 왜 그렇게 과대 포장을 싫어하는지 김 여사에게 물었다.

"할머니, 근데 텅텅 빈 수레보다는 낫지 않아? 포장으로 예의를 갖추는 것 같은데. 별거 아니지만 예쁘게 봐주세요, 하면서."

그랬더니 김 여사는 미간에 주름 세 개로 내 천 자를 만들었다. 중요한 이야기를 시작할 때 늘 지어 보이는 표정이었다.

"아가. 실속 없는 개살구보다 텅텅 빈 수레가 백번 용기 있는 것이다. 응? 빈 수레는 제 주제를 속속들이 알거든."

"빈 수레라서, 들어 있는 게 몇 개 없어서 오히려 요란할 수도 있잖아. 빈 수레가 요란하다, 몰라 할머니?"

김 여사는 눈썹을 정수리까지 치켜올렸다.

"뭐가 들어 있는지가 중요한 것이야. 알짜배기 하나가 들었을 수도 있지. 자신 있는 거지. 그 알짜배기 하나가 개살구 5만 개보다 나을 수도 있다는 걸 알거든. 아가, 기억해. 빈 수레의 자신감. 응? 절대로 겉모습에 속으면 안 돼. 그리고 절대로 절대로 속여서도 안 되고.”

열일곱 살 최민찬의 무의식 귀퉁이에는 과대 포장을 싫어하는 김 여사가 미간에 내 천 자를 그리며 앉아 있다. 나의 가장 자신 있는 투구가 한복판에 꽂는 직구인 이유도 김 여사와 무관하지 않을 것이다. 투 머치 토커 이력서의 ‘계란’을 보고 ‘주제를 아는 빈 수레’를 떠올리는 나를 김 여사가 하늘에서 보고 있다면 어떤 표정을 지으려나. 옆에 있는 딸 김사랑의 팔꿈치를 툭툭 치며 으스대려나.

“엄만호 씨, 그런데 왜 저한테 ‘군청색 학생’이라고 하세요?”

나는 아까부터 거슬렸던 것을 먼저 물었다.

“바로 압박 질문 시작이야? 눈빛 살벌하네.”

투 머치 토커는 아랫입술을 삐죽 내밀었다.

“학생이고, 군청색 교복을 입었으니까. 끝.”

“보통은 ‘학생’이라고만 부르잖아요.”

“에헤이. 저기, 면접관님. 혹시 위급 상황 대처 방법 같은 거 학교에서 안 배우나? 필수 교육과정에 없어?”

"군청색이랑 위급 상황 대처 방법이랑 무슨 상관이죠?"

나는 앞에 놓인 검은색 플러스펜의 뚜껑을 열고 이력서 한 귀퉁이에 '군청색?'이라고 적으며 잠시 종이를 내려다봤다. '군청색?' 위에 동그라미를 세 번 쳤다. 방금 내가 봐도 좀 프로 면접관 같았다. 그러다 어젯밤 자기 전에 유튜브에서 찾아봤던 '초보 면접관 탈출 방법'이 떠올라서 후다닥 고개를 들고 투 머치 토커를 노려봤다. 젠장. 첫 번째 원칙을 잠시 잊고 있었다. 면접자와의 눈싸움에서 절대 지고 들어가지 말 것. 야구 경기할 때 타석에 들어온 상대 팀 타자의 눈빛에 쫄면 안 되는 것과 같은 맥락이었다. 눈을 피하는 순간 승리의 기세는 반드시 상대방에게로 흐른다는 절대 원칙.

"자, 면접관님. 머릿속으로 싹 상상을 해보는 거야."

투 머치 토커는 몸을 앞으로 기울이며 왼손으로 턱을 괴었다. 왼쪽 얼굴을 다 가릴 만큼 큰 손이었다. 손가락도 길었다. 투수하기 딱 좋은 손인데 투 머치 토커의 팔에 붙어 있다니 손에게는 불운이라는 생각이 들었다. 그러고 보니 팔도 길었다.

"면접관님이 야구 유니폼을 입고 길을 걸어가고 있었어. 근데 저 멀리서 엄청 다급해 보이는 실루엣이 왔다리 갔다리 하는 거야. 그러면서 '저기요! 저기요!' 하고 누군가를 부르네? 면접관님은 순간 '날 부르는 건가' 하는 생각이 들었지만, 사랑하는 여자 친구가 저기 보이는 노란 찻집에서 기다리고 있어서……."

"여자 친구 없거든요!"

위험했다. 순식간에 이야기 속으로 빠져들어 잘못된 정보를 줄 뻔했다. 여자 친구는 결단코 없다. 게다가 노란 찻집은 또 뭐야. 쌍화탕에 날계란 띄워 주는 그런 곳인가.

"없으면 없는 거지, 흥분은. 그럼, 사랑하는 '여자인' 친구가 저기 보이는 노란 찻집에서 기다리고 있어서……."

멈칫했다. 여자인 친구는 있다. '사랑하는'은 일단 못 들은 척 지나가야겠다. 아직 마음속에서 결론을 내지 못했기 때문이다.

"……서둘러 발걸음을 옮겼지. 부랴부랴 걸어가는데, 아까보다 한층 커진 목소리가 들리는 거야. 근데, 유니폼 무슨 색이야?"

대답해 주기 싫었지만 뒷이야기가 궁금했다.

"흰검 줄무늬요."

"클래식하네. 학생 야구답네. 이어서. 아까보다 한층 커진 목소리가 들리는 거야. '거기, 줄무늬 학생!' 순간 야구

소년은 '나를 부르는 게 맞는 것 같은데?' 하는 생각이 들겠지. 근데 주변을 둘러보니 옆에 마침 줄무늬 티셔츠를 입은 학생처럼 생긴 사람이 있네? 상당히 애매한 거야. 야구 소년은 마음이 따뜻한 소년이라서, 아, 그러길 바란다. 평소라면 '저요?'라고 되물을 텐데, 하필 지금은 사랑하는 '여자인' 친구가 야구 소년을 목이 빠지게 기다리고 있지 않겠어? 그거야말로 열일곱 나이에 겪을 수 있는 몇 안 되는 긴급한 상황이 틀림없지. 암. 그래서 일단 '나'는 아닌 것 같다고 옆에 있는 줄무늬 학생에게 배턴을 스리슬쩍 넘기는 방법을 선택하는 거야."

투 머치 토커는 자리 앞에 놓인 생수병의 뚜껑을 따고 물을 마셨다. 면접 테이블에 물을 세팅한 공무원은 이 물이 장차 이렇게 쓸모없는 이야기를 하는 데 사용될 것이라고 상상이나 했을까? 심지어 삼다수인데 말이다. 투 머치 토커는 턱짓으로 내 쪽에 있는 물을 가리켰다. '야 너도 (마셔)'라는 뜻인 것 같았다. 나는 작게 (사실 조금 크게) 한숨을 내쉬고 손목을 들어 시계를 봤다. 됐거든, 이라는 뜻이었다.

"줄무늬 유니폼을 입은 야구 소년은 거의 뛰다시피 앞을 보고 걸었지. 그녀가 기다리는 그곳을 향해서. 근데, 야구 소년 몇 번이야?"

"무슨 번호요."

"유니폼 등번호 말이에요, 면접관님."

"1번이요."

"오, 자의야, 타의야?"

"뭐, 반반?"

"겸손하지 않아서 좋네."

"때와 장소를 가리죠."

"뭘?"

"겸손이요."

"지금의 때와 장소는 어떤데?"

"9회 말 투아웃, 투 스트라이크 스리 볼 상황이랄까."

"겸손할 필요가 없다?"

"설마요."

"그럼?"

"겸손하면 진다."

참고로 유니폼의 등번호 1번은 보통 그 팀의 에이스에게 주어지는 상징적인 번호임을 말씀드린다. 최민찬의 알.쓸.신.야.

내 대답이 끝나기 무섭게 투 머치 토커가 배를 잡고 깔깔깔 웃기 시작했다. 내가 생각해도 완전 멋진 말이었는데 조금 맥이 빠졌다. 나는 철저하게 무심한 표정으로 왼쪽 어깨를 휘휘 돌렸다. 웃지 말고 계속하라는 뜻이었다. 투 머치 토커는 목을 몇 번 가다듬고는 다시 본론으로 돌아왔다.

"그때! 들리는 거야. '거기, 줄무늬 유니폼 입은 등번호 1번 남학생! 좀 도와줘요!'"

순간 정신이 번쩍 들었다.

"그 학생이 누구겠어?"

"저죠."

"아닐 가능성은?"

"없다고 봐야죠."

"0할 0푼 1리에 가깝지."

투 머치 토커는 진지하게 고개를 끄덕였다.

"도와줘야겠어, 안 도와줘야겠어? 도와줄 마음이 전혀 없었어도 도와줘야겠지. 지목을 당해버렸으니까 말이야. 인류애라는 게 그런 거거든."

"처음부터 도와줬을 거거든요."

"그래. 그 마음 녹슬지 않게 잘 간직해. 자, 위급 상황 대처 방법 정리. 도와줄 사람을 최대한 상세하게 특정하고 큰 소리로 호명하라. 알겠나, 군청색 학생?"

"아까 엄만호 씨는 위급 상황이었어요?"

"상당했지. 거의 바지에 쌀 뻔했거든."

투 머치 토커는 굉장히 개운한 표정으로 창문 옆에 걸린 시계를 돌아봤다. 위급 상황 대처 방법 강의를 늘어놓느라 그가 예고했던 3분이 훌쩍 넘어가고 있었다. 어쩌면 이 모든 게 투 머치 토커의 큰 그림일지도 모른다는 생각이 머리를 스쳤다. 설마 백전백패 면접 탈락 필승 전략? 그냥 곱게지게 내버려둘 수는 없었다.

"야구가 왜 그렇게 싫어요?"

"야구공이 동그랗거든."

"그게 왜요?"

"나는 하트 모양을 좋아해."

당연한 걸 묻는다는 듯이 허물없게 말을 뱉는 투 머치 토커의 양쪽 손이 테이블 위로 올라왔다. 양손 엄지와 검지를 기이하게 꼬았는데, 맙소사. 손가락 하트였다. 나는 눈을 질끈 감았다가 초보 면접관 탈출 첫 번째 원칙을 떠올리고 다시 눈을 부릅떴다.

"그냥 싫다는 소리야."

양팔을 천장으로 쭉 뻗고 기지개를 켜는 투 머치 토커는 금방이라도 자리에서 일어나 문밖으로 걸어 나갈 것 같았다. 쭉 편 팔을 따라 반소매가 흘러 내려가면서 어그러진 흉터가 확연히 눈에 띄었다. 내 생각보다 훨씬 더 컸다.

“면접관님, 더 물어볼 거 없으면 나가도 되지?”

투 머치 토커가 티셔츠에 꽂아뒀던 선글라스를 빼며 물었다. 회의실의 불투명한 유리문 밖으로 커다란 실루엣이 왔다 갔다 하는 것이 보였다. 공무원이 다음 면접을 준비하는 것 같았다. 나는 다급히 마지막 질문을 던졌다.

“계란이 뭐예요?”

“계란이 계란이지, 뭐야.”

“취미도 계란, 특기도 계란이라면서요.”

“아, 그거.”

나는 어느새 코에 툭 걸친 선글라스를 올리는 투 머치 토커의 손짓을 눈으로 좇았다. 그의 이력서를 받고 나서부터 기다린 순간이었기에 입안이 말랐다.

“내가 계란 요리를 잘해. 초등학교 입학하기 전에 시작했으니까…… 한 30년 넘었지? 계란 석사는 수년 전에 해치웠고, 이젠 계란 박사 지나서 계란 포닥 수준이라고 할 수 있지. 포닥 알아? 포스트 닥터. 박사후연구원이란 뜻이야. 아무튼. 찐 계란, 계란프라이, 스크램블드에그는 기본이고. 계란국, 계란볶음밥, 계란찜, 계란말이. 아, 계란 넣은 라면은 전 세계 최강이라고 감히 자부할 수 있지.”

"그냥 라면에 계란 넣으면 되는 거 아닌가."

진짜 그냥 계란이었다니. 역시 빈 수레는 빈 수레였다.

"어허이. 계란 무시하는 소리 하네. 계란을 라면에 넣고 마구 휘저으면 국물이 탁해져요. 계란이 막 성을 낸다고. 그렇다고 계란을 다짜고짜 퐁당 빠트리면 국물이 낯을 가려요. 친해질 시간을 줘야지. 바깥에서 흰자와 노른자를 80퍼센트 정도 섞은 다음 국물이 튀지 않게 스르륵."

냄비에 달걀을 풀어 넣는 시늉을 하는데 손목 스냅이 과연 예사롭지 않았다. 라면 국물이 끓어오르는 냄새가 코끝을 스치는 듯했다.

"이렇게 만난 것도 인연이니까 인심 써서 가르쳐줄게. 계란을 넣어 먹을 때 가장 맛있는 라면은……"

"안성탕면."

"안성탕면."

투 머치 토커는 씩 웃으며 오른손으로 주먹을 쥐고 내 쪽으로 쭉 뻗었다. 나도 펜을 내려놓고 주먹을 쥐어 내 쪽으로 건너온 투 머치 토커의 주먹에 마주 부딪쳤다. 맞닿은 주먹은 예상처럼 단단했고 예상보다 따뜻했다. 두 주먹이 떨어지기 무섭게 그가 자리에서 일어났다.

"난 이제 간다, 야구 소년. 반가웠어. 좋은 가족 구하길 바라고."

회의실에 들어올 때와 달리 한결 가벼워 보이는 걸음으로 문을 향하던 투 머치 토커는 갑자기 멈춰 서서 뒤를 돌았다.

"아, 그리고 야구 소년. 겸손해야 이겨. 진짜 중요한 경기, 특히 9회 말 투아웃에선. 겸손해야 해. 잊지 마라."

한껏 멋있는 척을 하더니 성큼 걸어가 문고리를 잡았다.

"거기 검은색 선글라스 끼고 흰색 반소매 아래로 팔에 아주 큰 흉터 있는 계란 박사처럼 생긴 엄만호 씨!"

투 머치 토커는 문고리를 잡고 고개만 돌려 내 쪽을 바라봤다.

"조금 전에 엄만호 씨가 그랬죠. 위급 상황에서는 도와줄 사람을 상세하게 특정하고 큰 소리로 호명하라고."

투 머치 토커의 입술이 조금씩 벌어졌다.

"지금이 제 인생 최대 위급 상황이에요. 그냥 그렇다고요. 뭐. 제가 제일 좋아하는 음식이 간장계란밥이기도 하고요."

선글라스에 가려진 눈은 거의 보이지 않았으나 그의 마음속 소리는 들을 수 있었다.

'도와줄 마음이 전혀 없었어도 도와줘야겠지. 지목을 당해버렸으니까 말이야. 인류애라는 게 그런 거거든.'

두 번째 면접은 첫 번째보다 훨씬 빨리 끝났다. 3분 카레가 완성되기도 전에 끝난 것 같다. 과대 포장을 벗겨 보고 싶은 마음이 어쩐지 전혀 들지 않았기 때문이다.

가족 지원 담당 공무원으로 투 머치 토커를 선택하겠다는 의견을 전한 건 면접 다음 날이었다. 사실 면접을 마치고 회의실을 나갈 때 자신이 오늘 해야 할 도리는 다했다는 개운한 표정으로 나를 배웅하는 덩치 큰 공무원에게 바로 말해줄 생각이었다. 내 결정은 이미 이력서를 보는 순간 끝났다고. 오늘 면접은 내 결정에 확신의 말뚝을 박는 행위에 불과했다고. 하지만 나는 공식적으로는 열일곱 살 고등학생이고, 사회적으로는 선부르게 판단을 내리는 미성숙한 청소년으로 보인다는 것을 자각하고 있는, 실은 꽤 성숙한 청소년이다. 신중하게 내린 결정처럼 보이도록 하루 정도는 대답을 묵혀두는 것이 좋았다.

엄만호 씨와 계약하겠습니다.

다음 날 새벽 훈련을 시작하기 전에 공무원에게 메시지를 보냈다. 답은 훈련이 끝난 뒤 확인하려고 휴대폰을 끄려는 순간 알람이 울렸다.

꺅;;;;;✤✤✤✤ 민찬 군 최고! >0<♡♡♡♡♡

새벽 5시 59분의 갓 나온 땀이었다.

* * *

일주일 뒤에 면접을 봤던 회의실에서 투 머치 토커와 덩치 큰 공무원을 다시 만났다. 학생의 권리인 학업 시간을 지켜준다며 미팅 시간을 오후 6시로 잡은 과도한 친절 덕에 저녁 급식은 못 먹고 야간 훈련은 할 수 있게 됐다. 불행 중 불행이었다.

계약서를 작성하려고 다시 찾아간 용남구청은 처음 봤을 때보다 기세가 다소 누그러진 것 같았다. 회의실에는 투 머치 토커가 먼저 도착해 있었다. 후드티 모자를 뒤집어쓰고 있다가 문이 열리자 바지 주머니에 찔러 넣은 한쪽 손을 빼 가볍게 흔들었다. 표정을 읽을 수 없어 불안했다. 나도 고개를 꾸벅 숙였다.

괜히 어깨를 돌리려고 팔을 펴는데 어깨 위로 축축하고 뜨거운 손이 올라왔다. 공무원이었다. 저녁 무렵이라 그런지 입 주변에 푸릇하고 까칠한 수염이 쭈뼛쭈뼛 주변머리 없이 올라오고 있었다. 어쩐지 지금 내 표정이 공무원의 수염을 닮았을지도 모른다는 생각이 들었다. 쭈뼛쭈뼛.

"민찬 군, 유니폼이 어쩜 이렇게 잘 어울려요? 모델해도 되겠어요!"

나는 모자의 챙을 살짝 만지며 감사하다고 말했다. 지난 면접 때처럼 공무원이 빼주는 의자에 앉으면서 맞은편에 있는 투 머치 토커의 동태를 슬쩍 확인했다. 투 머치 토커는 팔짱을 낀 채로 눈을 굳게 감고 있었다. 그러더니 낮고 짧은 한숨을 뱉었다. 그때까지 읽을 수 없었던 감정이 드러났다. 근심, 걱정, 불안, 귀찮음, 성가심. 한 문장으로 표현하자면 '인류애 개나 줘버려'였다. 내 가족이 되는 걸 박수 칠 만큼 좋아하지는 않을 거라 짐작은 했지만, 브레이크가 고장 난 8톤 트럭 같은 수다를 막을 정도로 침울한 일일 줄은 몰랐다. 조금 속상했다. 아니, 과대 포장 없이 아주 많이 속상했다. 할 수 있다면 시간을 돌리고 싶었다. 준비해 온 계약서를 가지런히 정리하는 공무원의 선량한 눈빛을 봤다. 공무원에겐 미안하지만, 아직 계약서를 쓰지 않았으니 무를 수 있는 마지막 기회인 것 같았다.

"저, 담당자님."

"아! 그러고 보니까 우리 민찬 군 배고프겠어요. 내가 그 생각을 못 했네. 어쩌지. 자리에 냉동 김밥 있는데 가져다줄까요? 요즘 전자레인지에 돌려 먹는 김밥 잘 나와요. 불고기 김밥인데 꽤 괜찮아요. 3분이면 돼요, 3분."

공무원은 바지에 손을 쓱 문질러 땀을 닦은 뒤 왼손과 오른손을 차례대로 들고 세 손가락을 펴서 흔들었다. 3을 표현하고 싶었던 모양인데 엄지와 검지가 구부러져 있어서 꼭 '오케이'처럼 보였다.

"배 안 고파요. 괜찮아요. 그런데 담당자님."

자리를 박차고 일어나려는 공무원의 팔을 붙잡았다. 시속 150킬로미터를 던지는 투수의 악력으로 붙잡은 데다 강한 만류의 의미가 실려 있었다. 아무리 거구의 공무원이라도 뿌리치기 어려운 힘이었을 것이다. 나는 눈에 힘을 주며 고개를 좌우로 여러 번 흔들었다.

"그럼, 제가 아주 빨리 진행해 줄게요!"

"그 전에 드릴 말씀이."

"잠깐만, 민찬 군. 엄만호 씨 좀 깨우고요. 엄만호 씨, 주무세요?"

그가 자고 있다고 생각할 수 있는 공무원의 순수함이 부러웠다.

"담당자님."

"만호 씨, 만호 씨?"

아무리 불러도 요지부동인 투 머치 토커가 답답했는지 공무원이 팔을 길게 뻗어 테이블을 똑똑 두드렸다. 곧이어 투 머치 토커가 두 눈을 번쩍 떴다. 마치 다른 세계에 머물다 현실로 돌아온 눈빛이었다. 그러고는 깊숙하게 뒤집어 쓰고 있던 후드티 모자를 벗고 귀에서 잘린 콩나물 모양 물건을 빼서 테이블 위에 올렸다. 에어팟이었다.

"아, 음악 듣고 계셨구나. 전 너무 조용해서 주무시는 줄 알았지 뭐예요."

투 머치 토커는 입이 찢어지게 하품하며 기지개를 쭉 켰다. 아주 평화로운 표정이었다. 그럼 아까 그 한숨과 근심 어린 표정은 뭐였던 거지?

"노이즈캔슬링이 잘되나 봐요."

공무원은 엉덩이 한쪽을 들어 청바지 뒷주머니에서 손수건을 꺼내더니 에어팟 아래에 곱게 깔았다.

"내 집중력이 아직 녹슬지 않았다고 보는 게 맞지. 암. 노이즈캔슬링이야 그게 그거 아니겠어요? 기계는 인간을 절대로 따라오지 못해. 인간이 반드시 이긴다고 본다고, 나는. 강원도 양양, 그렇지 않아요? 야구 소년, 야구 소년 생각은 어때?"

어이가 없었다. 투 머치 토커가 아닌 내가. 감정에 휩쓸리지 않기로 유명해서 별명이 돌부처인 나 최민찬이 겪은 찰나의 감정 퍼레이드가.

"인간의 집중력이랑 기계의 노이즈캔슬링이 만나면 얼마나 좋아요. 싸움 붙이지 말고 사이좋게 살아요, 만호 씨. 근데 무슨 노래 듣고 있었어요?"

"오늘 월간 윤종신 오픈하는 날이거든요. 딱 각 잡고 들어줘야 하거든."

"아, 윤종신 좋아하시는구나. 월간 윤종신 아직도 하는 줄 몰랐네. 음악 좋아요?"

"뭐 좋을 때도 많고, 안 좋을 때도 많고."

나는 의자를 쭉 빼고 다리를 쩍 벌렸다. 눈꺼풀에 힘을 잔뜩 주고 투 머치 토커를 뚫어지게 쳐다봤다. 고개는 삐딱하게 왼쪽으로 15도 정도 기울였다. 팔짱까지 낄까 하다가 대신 괜스레 어깨를 돌렸다.

"안 좋을 때가 많은데 굳이 왜 찾아 들어요? 그것도 인류애, 그런 건가. 아주 박애주의자시네."

비꼬는 소리처럼 들릴 수 있다는 생각은 당연히 했다. 의도한 바였기에.

투 머치 토커의 미간에 힘이 잠깐 들어갔다고 느꼈는데 이내 그는 씨익 웃었다. 그런데 그 웃음이 마치 내가 귀여워 죽겠다는 듯한 웃음이었다. 젠장.

"쌓인 세월에 대한 경례라고 해두자. 눈에 힘 좀 풀어, 짜샤. 인류애가 그렇게 아무 때나 발휘되는 건 줄 알아?"

투 머치 토커는 계약서를 들고 읽다가 곧 내려놨다.

"설명 들어야 해요? 대관령?"

"네, 저 '강릉'이 설명을 잠시 해드릴게요. 민찬 군 어서 가봐야 하니까 최대한 빨리. 규정 확인하고, 계약 사항 확인하고, 계약상 호칭 정하고, 사인하시면 됩니다."

"중요한 것만 쏙쏙 뽑아서 브리핑해 봐요. 나중에 나 따로 남으라 하지 말고, 지금 그냥 싹 다. 응? 강릉? 3분 줄게요."

"아유, 참. 강릉이라고 불러주셨으니까 한번 노력해 볼게요."

공무원이 카레가 끓는 시간 동안 설명한 내용은 복잡하지 않았다. 엄만호와 나 최민찬은 정해진 계약기간 동안 가족으로 지낸다. 계약기간은 고용인인 최민찬이 미성년에 해당하는 시기까지며, 성인이 되는 즉시 계약은 자동 종료된다. 가족 지원 공무원인 엄만호는 고용인 최민찬이 제시한 계약 사항을 이행할 의무가 있다. 계약 사항을 이행하지 않을 시에는 계약을 강제 해지당할 수 있으며 추후 공무원 근무 평가 기록에 남을 수 있다. 엄만호에게는 공무원 기본급에 특별 자격 수당으로 매달 '백만 원'이 추가 지급된다. 그리고,

"아, 뭐 그런 걸 여기서 말해요!"

"만호 씨가 지금 전부 다 말하라면서요."

공무원이 투 머치 토커를 어리둥절한 표정으로 바라보자, 투 머치 토커는 에라 모르겠다 하는 표정과 귀찮음이 가득한 손짓으로 그냥 진행하라는 신호를 줬다.

매월 마지막 주, 엄만호는 월간 업무 보고서를 온라인으로 제출할 의무가 있으며, 최민찬 또한 엄만호의 업무 평가서를 제출할 의무가 있다. 마지막으로,

"아, 뭐야. 이 꼬맹이한테 평가까지 받아야 해? 어이, 강원도 평창. 그거 너무한 거 아닌가?"

투 머치 토커는 테이블을 소리 나게 쳤고 나는 힘차게 나이스라고 소리쳤다. 속으로.

"아주 합리적이네요, 담당자님. 역시 나라의 녹을 먹고 일하시는 분들은 뭘 해도 달라. 그리고 마지막으로요?"

빠르게 계약서를 읊던 공무원이 잠깐 쉬며 숨을 골랐다.

"마지막으로 최민찬이 요청한 계약 사항을 최종적으로

확인하겠습니다. 고용인 최민찬이 요구한 계약 사항은 '최민찬의 모든 야구 시합을 직관한다'입니다. 최민찬 군, 엄만호 씨. 이의 없으시지요?"

투 머치 토커는 체념한 표정으로 고개를 설레설레 저었고, 나는 관심 없다는 표정으로 입술을 삐죽 내밀었다. 공무원만이 만족스럽게 고개를 끄덕이며 펜을 나눠 줬다.

"자, 모두 동의하셨으니까 이제 사인을 위해 계약상 호칭을 적어주시면 되는데요. 이건 시스템 등록할 때 편의상 적는 거라 크게 중요하진 않아요. 실제로 부르는 호칭은 다르게 하셔도 되니까요. 민찬 군, 엄만호 씨를 어떻게 호칭하시겠어요? 고민하실 시간이 필요하면 며칠……"

고민할 시간은 전혀 필요하지 않았다. 내게 필요한 존재는 오랫동안 단 하나였다.

"엄마요."

투 머치 토커와 공무원의 시선이 한순간에 내 얼굴로 집중되었다.

"지금부터 엄만호 씨는 제 엄마세요."

나는 공무원이 건네준 펜으로 호칭란에 '엄마'라고 적은 뒤 사인했다. 사인은 당연히 '고용인 최민찬'이라고 인쇄된 내 이름 옆에 했다. 사인은 어디다 해야 하죠? 라는 질문 없이 아주 자연스럽게. 그리고 겸허한 태도로 투 머치 토커의 수다스러운 불만 폭격이 시작되기를 기다렸는데.

"오케이. 일구이무. 무르기 없다."

투 머치 토커는 박수를 크게 한 번 친 뒤 바로 계약서에 사인했다. 그러더니 자리에서 벌떡 일어서 내 옆을 지나가는 척하다가 뒤통수에 딱밤을 때렸다. 머리통에서 빡! 소리가 났다. 입에서는 아야! 소리가 났다. 눈에서는 눈물이 차올랐고, 단전에서부터 아드레날린이 끓어올랐다. 실로 오랜만에 느끼는 알싸한 짜릿함이었다. 야구 모자는 각종 위험으로부터 머리를 보호할 수 있도록 충분히 두껍게 만들어졌다. 다시 말하자면 딱밤의 충격이 머리에 정통으로 전달되기란 실로 어려운 일이며, 고로 투 머치 토커의 손가락은 보통 인간의 손가락이 아니라 딱총으로 사용되기 위해 개조한 손가락임이 분명했다. 아니면, 나처럼 손가락 힘으로 야구공에 박힌 실밥 긁는 강도를 조절할 줄 아는 에이스 투수이거나.

"집에서 보자, 인류애."

인류애라. 이제부터 나를 인류애라고 부르기로 한 건가. 투 머치 토커가 문으로 향하자 공무원이 자리에서 일어나 그를 배웅했다. 창문을 통해 복도를 걸어가는 두 사람이 보였다. 투 머치 토커가 공무원의 귀에 대고 사뭇 진지한 표정으로 뭐라고 속삭이자 공무원은 더 진지한 표정으로 조심스레 투 머치 토커의 에어팟을 빼고 속삭였다. 투 머치 토커는 고개를 푹 숙이고 사라졌다. 다시 돌아온 공무원은 서류를 챙기며 콧노래를 불렀다.

"민찬 군. 어서 가봐요. 필요한 것 있으면 제가 전화할게요."

나는 내내 머릿속에 둥둥 떠다니던 궁금증을 꺼내놓기로 마음을 먹었다.

"그런데요, 담당자님. 혹시 피고용인은 거부권이 있나요?"

"거부권이요?"

"면접을 보고 나서 고용인과 잘 맞지 않는다고 생각할 수도 있으니까요. 계약을 거부할 수 있는 권리 같은 게 있나 해서요."

"당연히 있죠. 가족 지원 공무원 면접은 고용인이 피고용인을 평가하는 절차가 아니라 서로를 알아보는 시간이라고 보시면 돼요. 삶이 이리저리 섞이게 될 텐데, 물과 기름 같은 사이가 되면 안 되니까요. 음, 이를테면 사랑의 작대기 같은 거?"

공무원의 왼손 검지와 오른손 검지가 수줍게 맞닿았다.

"거부권이 있다는 걸 엄만호 씨가 알고 있나요?"

"알다마다요."

"그런데도 제 가족이 되겠다고 하던가요? 야구라면 꼴도 보기 싫어하는 것 같던데."

공무원은 어깨를 한 번 으쓱 올렸다.

"딱 한 마디 하던걸요?"

"뭐라고요?"

"간계밥 많이 먹게 생겼네."

나는 피식 새어 나오는 웃음을 단속하느라 입에 힘을 주고 다물었다. 엄만호다웠다.

"근데 아까 '일구이무'? '일구이무'가 뭐예요?"

공무원은 계약서를 넣은 서류 봉투를 건네며 물었다.

"'일구이무'는 유명한 야구 감독이신 김성근 감독님이 하신 말씀인데요. 한 번 떠난 공은 다시 불러들일 수 없다는 뜻이에요."

"아, 낙장불입 같은 거네요? 무르기 없음. 퉤퉤퉤."

"음. 무르기 없음보다는 무를 수 없음에 가까울 것 같아요."

기특하다는 눈빛으로 나를 쳐다보는 공무원을 보면서 나는 느꼈다. 눈빛으로도 토닥여 줄 수 있다는 사실을.

"아까 투 머치, 아니, 엄만호 씨가 담당자님 귀에 뭐라고 속삭였어요?"

공무원은 씨익 웃으며 답했다.

"무를 수 있냐고요."

"그래서 뭐라고 하셨어요?"

"겠냐?"

재밌다는 듯 까르르 웃는 공무원을 따라 나도 함께 웃었다. 그러다 보니 갑자기 배가 무척 고파졌다.

"담당자님, 아까 그 불고기 김밥 저 주세요."

공무원이 데워 준 불고기 김밥을 먹으며 생각했다. 인류애. 인류애라는 호칭이 나쁘지 않다고. 아니 사실은 꽤 마음에 든다고.

2.
나? 최민찬 엄마

"와, 집에 뭐가 이렇게 아무것도 없냐?"

투 머치 토커가, 아니, 엄마가 메고 있던 배낭을 바닥에 내려놓으며 말했다. 진짜 놀랄 사람은 나였다. 엄마가 갖고 온 짐은 타고 온 빨간색 스쿠터와 등에 멘 등산용 가방, 달랑 두 개뿐이었기 때문이다. 마치 며칠 동안 스쿠터 여행을 떠났다가 막 집에 돌아온 여행자 같았다.

"뭐가 더 있어야 하는데요? 있을 건 다 있어요."

"그러게. 뭐라고 콕 집어서 말할 수는 없는데 말이지. 냉장고, 식탁, 소파, 티브이, 전자레인지."

넓지 않은 집은 제자리에 서서 반 바퀴만 고개를 돌려도 속속들이 알 수 있는 구조였다.

"있을 건 다 있는데 말이야. 왜 이렇게 뭐가 없어 보이지?"

엄마는 수도꼭지를 위로 올려보기도 하고 싱크대 문을 열어보기도 했다. 뭘 해야 할지 몰라서 손에 잡히는 대로 들추고 보는 게 분명했다. 능숙하지 못한 초보 엄마 티가 팍팍 났다.

"집 보러 왔어요? 화장실 물도 내리시지, 왜."

현관을 가운데 두고 좌우로 하나씩 있는 쌍둥이 방 두 개와 주방에 붙은 다용도실까지 둘러본 엄마는 갑자기 멈춰 서서 손바닥을 짝 마주쳤다. 커다랗고 두꺼운 손바닥 두 개가 부딪치는 소리는 엄청나게 컸다.

"알았다."

"깜짝이야. 아, 놀랐잖아요!"

"알았다, 알았어. 뭐가 없어 보이는 이유. 있을 건 있는데, 없을 게 없네. 쓸모없는 게 하나도 없어, 이 집에. 그러니까 집이 비어 보이지."

"쓸모가 없으니까요."

"쓸모없는 것들이 우리를 살게 만든단다, 요 각박한 어린 양아. 쓸모없는 것들을 미리미리 충전해 둬야 쓸모 있는 일을 할 에너지가 생긴다고. 응?"

쓸모없는 것의 쓸모라. 이게 무슨 '삶은 계란이다' 같은 개똥철학인지. 엄마는 손가락으로 내 미간을 튕겼다. 표정 풀라는 의미 같았는데 어이가 없어서 오히려 더 구겨졌다.

"그 쓸모없는 것을 우리는 보통 낭만이라고 한단다. 응? 요 소스 없는 통밀 100퍼센트 닭가슴살 아보카도 샌드위치 같은 녀석아. 그러니까 방랑 17세가 됐는데도 '여자'인 '친구' 타령이나 하고 있지."

현관에 내려둔 가방을 들어 올려 한쪽 어깨에 멘 엄마는 왼쪽에 있는 방으로 걸어갔다. 김 여사가 하늘나라로 간 뒤 쭉 비어 있던 방이었다. 엄마는 가방을 바닥에 내려놓고 침대에 걸터앉으며 벽 한구석에 걸린 작은 액자를 가리켰다. 유일하게 남아 있는 김 여사 사진이었다.

"이분, 이번에 오스카 여우주연상 탄 홍영애 배우 아니야? 옆에는 할머니이신 것 같고. 할머니가 홍영애 팬?"

액자 속에는 김 여사와 나, 영애 할머니가 나란히 서서 웃고 있었다.

"할머니 제일 친한 친구요. 할머니가 일하던 목욕탕에 손님으로 왔다가 친구가 됐대요. 지금은 제 법정후견인이세요. 성인이 될 때까지 할머니가 남겨놓은 재산으로 제 생활비 관리해 주시기로 했대요. 요즘 너무 바쁘셔서 못 뵌지 꽤 됐지만."

엄마는 할머니가 배우 못지않게 고우시네, 하며 고개를 끄덕였다. 방 안에 가구라고는 침대와 네 칸짜리 서랍장, 그리고 구석에 세워둔 접이식 테이블뿐이었다. 엄마가 챙겨 올 짐들을 예상하고 최소한의 것들만 들여놓았는데, 이렇게나 간소할 줄은 몰랐다. 나는 엄마의 가방을 턱짓으로 가리켰다.

"근데 짐이 정말 이것뿐이에요? 이걸로 생활할 수 있어요?"

"그럼, 가능하지. 생활이 아닌 낭만까지도."

쓸데없이 불안한 마음이 들었다. 오늘 나에게 왔던 것처럼 가벼운 모습으로 훌쩍 떠나는 엄마가 상상됐기 때문이다. 괜히 부아가 난 나는 뒤돌아 방문으로 향했다.

"저녁 뭐 먹을래? 일요일이니까 훈련 없지? 취업 첫날이니까 내가 고용인님께 쏠게. 고용인님, 부디 잘 부탁드립니다. 월말 업무 평가 점수 좀 후하게 주십쇼."

"주말 훈련하러 나가요. 저녁은 엄마 혼자 드세요."

나는 뒤도 돌아보지 않고 내 방으로 들어가서 문을 닫았다. 문이 의도한 대로 조금 세게 닫혔다는 사실을 엄마는 알까. 트레이닝복으로 갈아입고 나오니 엄마 방문이 닫혀 있었다. 어쩐지 조금 서운했다. 현관에 놓인 신발은 그대로였다. 그래도 서운했다. 신발장 문을 열어 러닝화를 꺼내 신고 학교로 달려가 오래 뛰었다. 훈련이 없는 일요일 저녁 운동장은 텅 비어 있었다. 집에 돌아오니 식탁 위에 삶은 계란 다섯 알이 놓여 있었다.

다음 날, 새벽 4시 58분에 이불을 박차고 일어났다. 새벽 훈련에 가기 위해 5시 10분에 맞춰놓은 알람보다 무려 12분이나 일찍 눈이 떠진 이유는 주방에서 들리는 달그락거리는 소리 때문이었다. 처음엔 도둑이 들었다고 생각했는데 문고리를 잡는 순간 착각이라는 걸 깨달았다. 소리가 매우 부산스러운 데다 호들갑스럽기까지 해서 밖에 있는 사람이 누군지 단번에 그려졌기 때문이다. 문을 열고 나가니 어둑한 주방의 싱크대 하부 장 앞에 쭈그리고 앉아 뭔가를 찾고 있는 사람을 발견할 수 있었다. 투 머치 토커, 아니, 엄마였다. 까치집이라고 말하면 까치에게 미안할 정도로 머리가 자유분방하게 헝클어져 있었다. 작은 창밖으로 들어오는 희붐한 새벽 달빛 아래에서 뒤집개를 집어 들고 자리에서 일어나던 엄마는 나를 발견하고 피식 웃었다.

"머리 아주 상당하네. 추노야?"

아, 아쉽게 선빵을 놓쳤다. 예로부터 조상님들은 세 번 생각하고 말을 뱉는 것이 미덕이라고 가르치셨건만, 엄마의 생각 회로는 놀랍도록 효율적이었다. 나는 주방 등을 켜며 말했다.

"어두워서 거울 못 봤죠?"

엄마는 내 말이 들리지 않는지 뒤집개가 왜 이렇게 구석에 들어가 있냐며 혼자 구시렁거리다 프라이팬 위에서 노릇하게 익고 있는 계란 두 개 중 하나를 뒤집었다. 차르륵 소리와 함께 고소한 냄새가 주방 가득 풍겼다.

"저는 완숙 말고 반숙할게요. 노른자 동그랗게 살아 있는 걸로."

"그걸 서니 사이드 업이라고 해. 노른자가 꼭 해가 떠 있는 모양 같아서."

서니 사이드 업. 그럼 계란을 먹으면 태양을 먹게 되는 건가? 거참, 이름 한번 희망차네.

"근데, 미안하지만 두 개 다 내 건데? 하나를 누구 코에 붙여, 위장 서운하게. 나 키 180센티미터에 몸무게 88킬로야."

나는 우유를 꺼내려고 냉장고 문을 열다가 뒤를 돌아 엄마를 쳐다봤다. 엄마가 접시에 계란프라이를 옮기면서 의아하다는 듯이 낮게 속삭였다. '그리고 이건 계약 조건에 없었던 것 아닌가'라고. 창피했다. 얼굴이 태양처럼 붉게 타오르는 게 느껴졌다. 나는 열다 만 냉장고 문을 그대로 두고 빠르게 욕실로 걸어가 문을 쾅 닫았다. 문밖에서 큰 소리로 껄껄대는 엄마의 웃음소리가 들렸다.

"아이고, 배야. 배 아파 죽겠네. 고딩 놀려먹기 난이도가 뭐 이리 낮아. 어이, 인류애! 장난이야. 나와서 먹어. 너 두 개 다 먹어."

꼭두새벽부터 일어나서 하는 일이 맑은 정신으로 하루를 시작하는 모범 청소년 놀려먹기라니. 짜증이 마구 솟구쳤다. 열이 잔뜩 오른 얼굴을 식히려고 샤워기로 냉수를 세게 틀었다. 세차게 내려치는 물줄기를 뚫고 엄마의 목소리가 다시 들렸다.

"인류애! 그럼 씻고 나서 먹어. 반숙으로 하나 더 해놓을게!"

"아 됐거든요! 안 먹어요!"

"하나 받고 하나 더!"

어쩐지 대꾸하면 할수록 지는 느낌이 들었다. 나는 옷을 벗고 얼음장 같은 물속으로 들어갔다.

샤워를 마치고 방으로 들어가 어젯밤 다려둔 유니폼으로 갈아입고 나오니 엄마가 욕실에서 나왔다. 머리 모양은 그대로인데 입 주변에는 물기가 남은 걸로 보아 양치는 한 것 같았다. 나는 식탁 쪽으로는 눈길도 주지 않고 곧장 현관문으로 향했다. 식탁 위에 있는 계란프라이 두 개는 곁눈질로도 확인할 수 있었다. 현관문 앞에 서서 오늘 훈련에 필요한 야구용품들을 정리해 가방에 넣었다. 엄마는 기지개를 켜며 현관으로 와 팔짱을 끼고는 벽에 기대 나를 지켜봤다.

"안 먹어?"

대꾸하지 않기로 했다.

"두 갠데?"

대꾸하지 않기로 했다.

"난각 번호 1번인데?"

대꾸하지 않기로 했다.

"너 등번호도 1번인데?"

더 이상 참을 수가 없었다.

"저 계란프라이 엄청 싫어하거든요!"

"오호. 그래? 너 간장계란밥 좋아한다며?"

서둘러 가방을 어깨에 메고 운동화 끈을 조였다. 문밖으로 나가는 것이 지금 할 수 있는 최선의 선택이었다.

"프라이 단독은 싫어해요."

"오, 그래? 그럼 뭐 좋아하는데?"

"신라호텔 조식으로 나오는 오믈렛, 그런 거 좋아해요."

왼쪽 운동화 끈을 서둘러 정리하고 오른쪽 끈을 매려는데 가방이 등을 타고 스르르 내려왔다. 뒤통수를 맞겠구나, 생각하는 순간 등이 가벼워졌다.

"근데, 글러브 그렇게 보관하면 망가질걸? 벌려서 보관해야 할걸?"

엄마가 한쪽 손으로 내 가방을 받치고 있었다. 그러거나 말거나.

"남이사요."

허리를 펴고 가방을 옆으로 멘 뒤 현관문을 열었다.

"저 가요."

문밖으로 나가려는데 후드집업을 챙기고 슬리퍼를 신는 엄마가 보였다.

"응, 나도 가."

"어딜요?"

"산책."

새벽 5시 30분에 산책이라니. 뭐, 그러거나 말거나.

초등학생 때는 버스를 타고 학교에 다녔다. 그 시절 또래보다 한참 작았던 내게 야구 가방은 176년을 기어코 산 갈라파고스거북이가 평생 등에 짊어지고 있었던 등껍질보다 무겁고 버거웠다.

야구 가방의 양옆 주머니에는 배트를 꽂아두었는데, 버스 계단에 오르내릴 때마다 배트 손잡이에 머리를 쿵쿵 박곤 했다. 버스 안에는 등껍질만 없을 뿐 거북이 같은 목을 가진 사람들로 가득했다. 그들은 자신의 앉은키보다 조금 더 커 보이는 꼬마가 (야구 유니폼은 어린이를 귀여운 데다가 용맹하기까지 한 아기 백호처럼 보이게 한다) 야구 유니폼을 입고 거대한 가방을 메고 버스에 뒤뚱뒤뚱 올라타는 모습을 보면 하나같이 입을 모아 기특하다고 칭찬했다.

많은 어른이 자리를 양보해 주겠다며 따뜻한 면모를 보였지만 나는 한결같이 거절했다. '감사합니다만, 정중히 사양하겠습니다'라며 176년을 산 갈라파고스거북이처럼 어른스럽게 말이다. 자리에 앉기 위해 등껍질을 내렸다 올렸다 하는 게 그걸 메고 서 있는 것보다 힘들기 때문에 거절한 건데, 어른들은 한국 야구의 장래가 밝다고, 근성에 예의까지 갖춘 참된 어린이라고 또다시 칭찬을 쏟아냈다. 가끔 그때가 생각난다. 그때 버스 안에 있었던 8할 이상의 어른들보다 키가 커버린 열일곱 살의 나는 이제 웬만해서는 칭찬 받기가 어렵다. 그래서 서운하냐고? 그럴 리가. 칭찬이 원동력이 되는 삶은 애초에 내 것이 아니었으니까.

새벽 공기는 아직 차가웠다. 잠옷으로 입었던 회색 면 반바지에 플립플롭 슬리퍼를 신은 엄마는 어깨를 잔뜩 움츠리고 있었다. 나보다 반걸음 정도 앞서 걸으며 연신 하품을 해댔는데 그때마다 입에서 허옇고 뿌연 입김이 용처럼 뿜어져 나왔다. 살다 살다 저렇게 요란한 하품은 처음 보네, 생각하다가 별안간 웃음이 터져 나왔다.

"왜. 뭐가 웃겨."

엄마가 나를 돌아보며 어벙한 표정으로 물었다. 나는 큼큼 목을 가다듬으며 서둘러 웃음기를 지웠다.

"용이에요? 아님, 활화산? 어떻게 입김이 그렇게 뭉게뭉게 나와요?"

"왜인 줄 알아?"

"뭐, 날씨가 추우니까? 엄마가 춥게 입어서?"

"땡."

"그럼요?"

"내가 따뜻해서. 그것도 엄청나게. 알겠니?"

엄마는 참 이상한 재주가 있다. 무지 느끼한 말을 해도 느끼하지 않게 느껴진다. 아주아주 기름진 프라이드치킨을 떡볶이 국물에 찍어 먹는 느낌이랄까.

"그리고 웃고 싶으면 웃어. 참지 말고."

엄마의 걸음걸이가 기분 탓인지 좀 느려진 것 같기도 했다. 어느새 나와 엄마는 나란히 걷고 있었다.

"무겁냐?"

엄마가 나를 곁눈질로 힐끔 바라보며 물었다.

"네."

"들어줘야 하냐?"

"별로요."

"그래라."

엄마는 다시 입을 크게 벌리고 하품했다. 자칭 엄청나게 따뜻한 숨이 차가운 공기를 뚫고 폴폴 피어올랐다. 오늘 새벽, 열일곱 번째 하품이었다. 그리고 그 하품은 열일곱 내 인생에서 가장 선명하고 뜨거운 하품이었다.

포항에서 나고 자라 세신사로 일하던 우리 할머니 김애기 여사는 강남의 유명 아파트 단지 사우나에 스카우트되어 서울로 터전을 옮겼다고 한다. 싸이의 '강남 스타일' 할 때 바로 그 강남 말이다. 김 여사는 티브이에서 '강남 스타일' 뮤직비디오가 나올 때면 나를 번쩍 들어 무릎 위에 앉혔다. 곁과 품을 내주는 데 인색한 김 여사에게는 드문 일이었다. 김 여사의 무르팍에서는 언제나 상쾌한 오이 비누 향기가 났고 나는 이때를 놓칠세라 숨을 크게 들이쉬곤 했다. 김 여사는 강남역에서 말춤을 다그닥다그닥 추는 싸이와 댄서들이 등장하는 장면이 화면에 지나갈 때면 저기가 바로 '강남역 10번 출구'라고, 할머니가 저 근처에서 너희 엄마를 '잉태'했다고 자부심이 충만한 목소리로 설명했다. 당시 대여섯 살 정도밖에 되지 않았던 나에게 '잉태'라는 단어는 어딘가 범상치 않고 신비롭게 느껴졌다. 닿을 수 없을 만큼 멀고 높은 곳에 계신 크고 위엄 있는 누군가가 고르고 골라 김 여사에게만 특별히 점지해 준 귀하디귀한 선물 같은 느낌이랄까.

김 여사는 우리 엄마를 낳고 내가 지금 사는 동네로 이사를 오게 됐는데, 이사의 이유는 김 여사답게 아주 명징했다. 딸을 '유관순의 후배'로 만들기 위해서였다. 김 여사가 생전 가장 존경했던 인물인 유관순 열사의 혼과 얼이 담긴 이화학당의 교정에서 자신의 딸이 공부하기를 바라는 마음이었다고 한다. 언젠가 김 여사에게 유관순 열사의 어떤 부분이 그렇게 김 여사의 마음을 매료시켰는지 물어봤을 때 김 여사는 이렇게 대답했다.

"유관순이가 죽기 직전까지 머리랑 옷을 그렇게 깔끔하게 정돈했단다. 빛 한 줌 들어오지 않는 무서운 독방에서 살가죽이 말라비틀어지고, 호된 고문을 당하면서도 말이야. 여간 깨끗하고 빳빳한 사람이 아니야."

하지만, 김 여사는 결국 자기 딸을 유관순 열사의 후배로 만들지 못했다. 김 여사의 딸인 김사랑은 이화여고에 들어가서 유관순 열사의 후배가 되는 것보다 상업고등학교에 들어가서 전교 수석을 노려 좋은 대학에 입학하는 것을 목표로 삼을 만큼 총명했다. 결국 김사랑은 외국에 있는 아주 좋은 대학교에 합격했다. 훗날 김 여사는 딱 한 번 제 뜻을 굽히고 김사랑에게 져줬던 그 선택을 두고두고 후회했다. 이화학당에 갔어야 했는데…… 덜 똑똑했어야 했는데…… 아니, 차라리 아주 모지랐어도 됐는데. 그랬어야 했는데. 그랬다면 저 멀리까지 공부하러 가지 않았을 텐데. 그렇게 죽지 않았을 텐데, 하고 말이다.

때론 잘못 탄 기차가 목적지에 데려다주기도 한단다. 인도의 속담이라고 친구가 가르쳐줬다. 할머니의 남다른 유관순 사랑에 대한 혜택은 딸인 김사랑이 아니라 손자인 최민찬이 받게 되었다. 첫 번째 혜택은 학교. 걸어서 등교할 수 있는 거리에 야구부가 있는 고등학교가 있다는 건 엄청난 혜택이다. 두 번째는 친구. 작은 동네다 보니 꼬마 때부터 함께 쭉 커온 친구들이 제법 있다. 인도 속담을 가르쳐준 하늘이도 그중 하나다. 하늘이는 갑자기 별똥별처럼 피용, 하고 등장해서 나를 놀라게 하곤 한다. 바로 지금처럼.

"워!"

"아, 깜짝이야!"

나와 엄마는 동시에 소리를 질렀다. 하늘이가 나란히 걷던 우리 둘 사이에 얼굴을 들이밀었다. 그러고는 '놀랐지?' 하며 우리 둘의 표정을 흉내 내며 깔깔거렸다. 분명히 주먹으로 내 오른팔을 퉁, 칠 것 같아 오른팔에 힘을 줬다. 세게는 아니고 아주 조금. 하늘이는 손가락으로 내 옆구리를 푹 쑤시고 '너 팔뚝에 힘줬지?' 하며 나를 올려다봤다. 유난히 동그랗고 커다란 눈이 가늘어지더니 볼우물이 함박 파였다. 재작년까지만 해도 같은 높이에서 하늘이와 눈을 맞췄던 나는 1년이 조금 넘는 시간 동안 무려 15센티미터가 컸다. 하는 수 없이 지금은 하늘이를 내려다볼 수밖에 없는데, 그 사실이 좋을 때도 있지만 서운할 때가 더 많다.

"그런데, 누구?"

하늘이가 흥미롭게 우리 둘을 관찰하고 있는 엄마 쪽으로 고개를 쭉 내밀며 물었다.

"음, 안녕? 나로 말할 것 같으면 말이지. 음, 그러니까 내가 상당히 중요한 일을 하는 사람인데 말이지."

한 손을 어정쩡하게 올려 흔들며 얼빠진 표정으로 그럴듯한 단어를 찾고 있는 엄마는 도움이 필요해 보였다.

"우리 엄마야. 인사해."

엄마의 눈동자가 왼쪽 오른쪽으로 정처 없이 흔들렸다. 어정쩡하게 올린 손은 계속 들고 있을 심산인 듯했다. 하늘이의 입과 눈이 순식간에 동그래졌다.

"어머, 어머님!"

하늘이는 교복 재킷 앞으로 가지런히 손을 모으고 어쩔 줄 몰라 하는 덩치 큰 아저씨에게 배꼽 인사를 날렸다.

"안녕하세요, 민찬이 어머님! 처음 뵙겠습니다. 저는 민찬이 쭈쭈친구 김하늘이에요. 정말 반갑습니다!"

"야, 김하늘! 쭈쭈친구라고 하지 말랬지!"

엄마가 피식 웃었지만 하늘이는 아랑곳하지 않고 말을 늘어놓았다.

"민찬이가요, 제가 17년을 봐왔는데 한결같이 재미가 없는 애인데요. 어머님께서도 잘 아시겠지만 보통 진국인 사람 중에 재미없는 사람이 많잖아요. 얘가 딱 그렇거든요."

하늘이는 스마트워치를 슬쩍 확인하면서도 말을 끊지 않았다. 단지 말이 좀 더 빨라졌을 뿐.

"너 근데 이 시간에 어쩐 일이야? 등교 시간은 한참 멀었잖아."

"아, 나 야구부 매니저야."

"뭐? 네가 왜 야구부 매니저야?"

"아무도 안 한다고 해서 내가 한댔는데?"

"아무도 안 하는 걸 왜 네가 해? 공부 안 해? 너 박애주의자야? 그 시간에 한 자라도 더 공부해야지! 전교 1등 안 할 거야?"

하늘이는 손바닥으로 귀를 막고 '아아아 에베베베' 소리를 내며 엄마를 올려다봤다.

"진짜로 재미없고 진국인 아들내미를 두셨어요. 그런데 어머님은 엄마치고는 꽤 재밌는 용모를 하고 계시네요."

하늘이는 엄마에게 다시 한번 배꼽 인사를 한 뒤 통통통 앞으로 뛰어나가며 소리쳤다.

"도움 필요하시면 언제든 연락 주세요, 민찬이 어머님!"

"어디 가! 같이 가!"

"나 늦었어. 라커 문 열어놔야 해!"

뛰어가는 하늘이의 커다란 가방에 주렁주렁 달린 키링 중에 야구공도 있었다. 방울도 달려 있어서 하늘이가 뛸 때마다 달랑달랑 소리가 났다. 하늘이는 늘 갑자기 나타났다가 갑자기 사라진다. 하늘이가 사라지면 정적이 찾아오는데 그 정적이 나는 매번 낯설다. 이상하게 허전하다. 정적을 몰랐던 사람처럼 말이다.

"엄청 귀여운 친구네. 같이 안 뛰어가?"

"뭐, 아직 시간 많이 남았어요."

"이 재미없는 인류애 녀석을 어떻게 뜯어고쳐 주나. 고 생길이 훤하다 훤해. 재미가 없는 게 아니라 낭만이 없네."

나는 어깨를 으쓱 올리며 발걸음에 속도를 높였다. 같이 뛰어갈걸 그랬나, 아주 약간 후회가 되긴 했다.

"근데 쭈쭈친구는 뭐야? 느낌이 빡 오긴 오는데 말이지."

엄마는 아주 진지한 표정이었지만 나는 안다. 놀리고 싶은 마음을 꾹 누르고 있다는 사실을.

"우유 먹을 나이 때부터 친구였다고요. 그리고, 사실 제가 하늘이 어머니 모유를 하늘이랑 같이 나눠 먹었어요. 아기 때 하늘이 옆집에 살았거든요. 하늘이 어머니는 모유가 넘치셨고, 나는 모유를 먹을 수 없으니까. 뭐, 일종의 젖동

냥이라고 할까."

엄마는 느리게 고개를 끄덕였다.

"하늘이가 말이 빨랐거든요. 말을 시작한 하늘이가 저한테 '우린 같은 쭈쭈를 먹은 쭈쭈친구야, 쭈쭈친구야' 하면서 만들어진 단어인데요. 그땐 그냥 그런가 보다 했는데, 지금은 좀 남사스럽잖아요. 쭈쭈가 뭐예요, 쭈쭈가."

"엄청나게 특별한 사이네. 인류애랑 하늘이."

"뭐, 거의 남매라고 봐야죠. 당연히 제가 오빠고."

발에 작은 돌멩이가 걸리기에 툭 밀어 찼다. 돌멩이는 엄마가 걷는 방향으로 날아가 떨어졌다. 엄마도 돌멩이를 슬쩍 찼다. 이번엔 내 쪽이었다.

"면접 때 등장했던 여자인 친구가 하늘이?"

나는 다시 어깨를 으쓱 올렸다가 내렸다. 부정은 하지 않겠다는 뜻이었다. 멀리 학교 정문이 보이기 시작했다.

"인류애도 여자인 친구 앞에서는 웃네."

하도 황당해서 말문이 막힌 나는 오만상을 지은 채로 엄마를 쳐다봤다. 엄마는 아주 태연한 얼굴이었다.

"너 계속 웃었어."

"안 웃었는데요."

"웃었다니까."

"저는 계속 한결같이 이 표정이었어요. 무슨 말씀이세요."

나는 입꼬리를 단단히 고정했다. 엄마는 그런 나를 보며 씩 미소 지었다.

"입이 웃어야만 웃는 건 줄 알아? 네 눈이 웃었어, 인마. 눈썹도 웃었고, 지금 그 삐죽거리는 볼때기도 웃었고, 심지어 콧구멍까지 웃더라. 옷에 가려서 보이지는 않았지만 아마 너 옆구리도 웃었을걸?"

"괜히 엄한 사람 몰고 가지 마세요. 안 웃었어요."

"그래? 그러냐? 그래라."

심드렁한 말투로 마무리된 대화가 영 찝찝하던 찰나 학교 정문에 도착했다. 엄마는 기지개를 늘어지게 켜고는 정문을 등지고 돌았다.

"가라. 간다."

"가세요."

두어 번의 짧은 고갯짓을 확인한 나는 서둘러 라커 룸으로 달리다가 멈춰서 뒤를 돌았다.

"오늘 오후에 연습 경기 있어요!"

엄마는 팔을 하늘 위로 뻗어 크게 흔들었다. 내 목소리가 엄마에게 닿은 것이 분명했다.

엄마가 생긴다는 것은 별로 특별한 일이 아니었다. 오히려 생활은 더 평범한 쪽으로 흘러갔다. 내 것이 아닌 소리가 생기고, 물건이 생기고, 향기가 생겼다. 반대로 냄새도 생기고, 먼지도 생기고, 투정도 생겼다. 그건 깊은 숲속에 덩그러니 자리한 쓸쓸한 호수에 찾아든 한 줄기 바람이었다. 가지가지 파장이 호수 표면을 쓸고 지나갈 때마다 물결이 일었다. 지금까지 내가 알던 호수는 호수가 아니라 그저 웅덩이에 불과했다는 사실을 비로소 알게 되었다.

그렇게 지극히 평범한 날들이 엄마와 함께 이 집으로 들어왔다.

"왜 안 깨웠어요! 일어나 있었으면서!"

"깨우는 거? 계약 조항에 없는데?"

나는 가자미눈으로 엄마를 흘겨봤다. '계약 조항에 없는데'라는 말은 엄마가 나를 놀릴 때 사용하는 치트 키라는 사실을 알게 된 뒤 더 이상 의미를 갖지 않게 되었다. 알람을 놓쳐 평소보다 10분 늦게 일어난 탓에 새벽 훈련에 아슬아슬하게 도착할 것 같았지만, 식탁에 앉을 수밖에 없었다. 엄마의 취미이자 특기인 계란 실력은 과대 포장 없이 박사 수준이 맞았다. 탱글탱글하게 봉긋 솟아 흔들리는 정중앙의 노른자와 얇고 바삭하게 구워 누룽지처럼 노릇하게 익은 가장자리가 둘러진 서니 사이드 업은 예술 작품 그 자체였다. 물론 엄마에게는 그럭저럭 먹을 만하다고 말하고 있긴 하지만. 나는 시간을 계속 확인하면서 태양이 살아 있는 계란프라이 세 개를 겹쳐 한입에 쑤셔 넣었다.

"신라호텔 오믈렛 좋아하는 고딩치고는 기품이 좀 떨어지네. 근데 인류애, 이렇게 아름답고 유려한 서니 사이드 업해주는 엄마, 또 있냐?"

"글쎄요. 저도 이번 생에 엄마는 처음이라."

"그래 맞아. 또 없다는 것을 명심하고. 월말 평가 점수 줄 때 반영하는 것 기억해 두라고."

엄마는 큼큼 헛기침하며 괜스레 식탁을 손바닥으로 쓸었다. 쑥스러워하는 엄마를 보니 좀 더 쑥스럽게 만들고 싶었다.

"혹시 지금 홍보하는 거예요?"

"자기 PR 시대. 몰라?"

"엄마 지금 꼭 '좋댓구알' 같다는 거 알아요?"

"좋대…… 꾸, 뭐?"

못 들을 말이라도 들었다는 듯 엄마의 얼굴은 잔뜩 구겨졌다. 나는 목을 가다듬고 세 옥타브쯤 올린 가늘고 고운 목소리로 말했다.

"좋아요, 댓글, 구독, 알림 설정, 부탁드려요, 여러분."

물론 마지막엔 윙크와 손 하트도 잊지 않았다.

"에라이, 안 받고 만다, 안 받고 말아. 강원도 고성 진짜, 내가 가만두나 봐라. 그 청순한 쪽머리 반드시 똑 단발로 잘라버릴 거야. 두고 봐."

투덜대면서 냉장고 문을 벌컥 여는 엄마의 옆얼굴은 확실히 웃고 있었다. 냉장고에서 우유를 꺼낸 엄마는 투명하고 길쭉한 유리잔에 부어 내 접시 옆에 내려놨다.

그 유리잔은 엄마가 나와 함께 살기 시작한 뒤 처음으로 산 생활용품이었다. 집에 넘치는 게 컵인데 뭐 하러 샀는지 물어봤을 때 엄마는 '우유는 투명 유리잔에 마셔야 낭만이지. 네가 좋아하는 신라호텔표 조식 우유처럼'이라고 대답했다. 우리 집에 처음으로 들인 '쓸모없는 것'이었다. 나는 이슬이 맺힌 투명한 잔을 들어 우유를 한입에 털어 넣었다. 낭만은 모르겠고 한 손에 들어오는 얇고 투명한 잔을 들면 기분이 썩 나쁘지 않았다. 다이소에서 산, 천 원짜리 잔의 재발견이었다.

"엄마, 이따가 재활용 쓰레기 분리수거 좀 부탁해요."

양치를 하는 둥 마는 둥 하고 유니폼을 헐레벌떡 갈아입은 뒤 현관으로 향했다. 엄마는 식탁에 앉아 종이 신문을 읽고 있었다.

"분리수거 오늘 네 담당이잖아. 싫어. 안 해. 아주 정당한 거부권 행사야."

"하는 일도 상당히 없으신 분이! 좀 해주세요. 오늘 저 야간 훈련 엄청 늦게 끝난단 말이에요."

"하는 일이 없기는! 네가 내 하루를 다 알아? 하루 곳곳에 숨어 있는 고단함을 아냐고. 아무튼, 안 돼. 이건 계약에……"

"계약에 없어도 인류애로 해줄 수 있는 거잖아요. 저 가요!"

나는 신발을 거의 벗다시피 한 채로 현관문을 열고 뛰쳐나가 숨도 쉬지 않고 계단을 내려갔다. 1층에 무사히 도착해 잠시 숨을 고르며 새벽 공기를 한껏 들이마시니 무척 상쾌했다. 좋은 하루가 될 것 같았다.

3분 전에 라커 룸에 도착한 나는 부랴부랴 가방 안에서 장비를 꺼냈다. 그런데 아무리 찾아봐도 글러브가 보이지 않았다. 어젯밤에 미리 챙겨 신발장 위에 올려뒀는데 급하게 나오느라고 깜빡한 모양이었다. 장비가 없으면 훈련에서 제외되는 것은 당연하고 오리걸음으로 운동장 스무 바퀴를 돌아야 한다. 머릿속이 새하얘졌다. 그깟 계란프라이가 뭐라고. 초등학생 때도 하지 않은 실수를 계란프라이 따위에 눈이 멀어 저지르다니. 등신 머저리 같은 최민찬.

그때, 복도에서 하늘이의 목소리가 들렸다.

"어? 민찬이 어머님?"

라커 룸 밖으로 서둘러 나가보니 헬멧을 쓰고 스쿠터를 탄 엄마가 잠옷 차림으로 검은색 글러브를 들고 서 있었다. 찬 바람을 온몸으로 맞은 슬리퍼 속 발가락이 잔뜩 움츠려 있었다. 엄마는 나를 보며 말했다.

"분리수거, 오늘 네 담당이다."

헬멧 창에 엄마의 따뜻한 숨이 닿아 뽀얗게 김이 서렸다. 아주아주 좋은 하루가 될 것 같았다.

* * *

"최민찬, 몸 풀어. 8회 4번 타자 타순에 마무리로 들어간다. 영은이도 포수로 같이 들어갈 거니까 준비해."

7회 초가 막 끝나고 공수교대가 이루어지던 참이었다. 우리 풍향고는 광남고를 5 대 4로 앞서고 있었다. 1점은 앞서는 팀에게는 쫓기는 느낌을 주고 뒤처진 팀에게는 금방이라도 따라잡을 느낌을 주는, 오묘한 점수 차였다. 광남고는 풍향고의 영원한 라이벌이다. 이를테면 한국과 일본 같은 사이라고나 할까. 아무리 친선경기라고 해도 한일전이라는 대전제가 깔리게 되면 경기의 질감이 달라진다. 친선? 친선은 개뿔이 되는 것이다.

풍향고의 감독님은 철저한 안전주의자로 소문난 분이다. 10점 넘게 차이 나는 점수로 이기고 있는 시합에서도 12점을, 13점을 노린다. 보통은 큰 점수 차이로 이기고 있다면 시합 경험이 많은 선수들을 명단에서 빼고 후보선수들을 올려서 경기 분위기를 경험시키며 격려하는 기회로 삼는다. 하지만 우리 감독님은 완벽하게 믿지 않는 선수는 절대로 그라운드에 올리지 않는다. 좋게 말하면 합리적이고 냉정한 전략가, 나쁘게 말하면 피도 눈물도 없고 인류애도 없는 냉혈한이라고나 할까. 그런 감독님이 검증할 시간도 없었던 1학년인 나를, 라이벌 학교인 광남고와의 경기에서 마무리투수로, 올해 연습경기에만 홈런 세 방을 갈기며 한껏 타격감이 올라와 있는 상대 팀의 4번 타자 타순에 내보낸다는 결정은 꿈에도 상상할 수 없었다. 더그아웃 펜스에 기대서 열심히 소리를 지르던 나와 영은이는 깜짝 놀라 서로를 멍하게 쳐다봤다.

"뭣들 하는 거야. 대답 안 해? 나가기 싫어?"

"아닙니다!"

서둘러 정신을 차린 우리는 불펜으로 달려 나갔다. 기회란 녀석은 매번 이런 식이다. 노크 없이, 예고 없이 무작정 벌컥 문을 연다. 갑자기 왔다가 갑자기 가버린다. 몹시 예의 없고 불친절하다. 하지만, 우리는 그저 감사해야 한다. 기회가 불쑥 쳐들어간 방이 내 옆방이 아니라 바로 내 방이라는 사실을 말이다. 굳은살은 언제나 준비되어 있었다. 불친절한 기회가 들이닥칠 그날을 위하여.

"환희 형 타석에 들어가는 거지? 데뷔 첫 상대부터 엄청나네. 그 형 원래부터 방망이 잘 돌리긴 했는데, 요즘 타격감 장난 아니더라. 겁나 살벌해. 지난겨울에 집에서 프로 출신 타격코치를 전담으로 붙여줬다더라고."

광남고 2학년인 4번 타자 지환희 선수는 영은이랑 같은 중학교에서 호흡을 맞췄었다. 타고난 운동신경이 좋고, 발이 빠르며, 작전 수행 능력도 좋아서 어디에든 써먹기 좋은 선수로 평가받고 있다고 들었다. 아니, 솔직하게 이야기하면 나도 직접 겪어봐서 알고 있다. 나는 누구보다도 지환희 선수를 아주 잘 안다.

환희 형과 나는 같은 초등학교 야구부에서 쭉 함께 훈련했다. 우리는 단짝이라고 할 만큼 다정한 사이는 아니었으나, 단순히 라이벌이라 하기에는 말하지 않아도 통하는 점이 있었던 것 같다.

'형이 한 노력 내가 알아. 내가 한 노력도 형이 알지?'

지금 환희 형은 타자로 전향했지만 원래 목표했던 포지션은 투수였다. 재능이 많은 자식에게 욕심이 많은 엄마가 흔하게 밀어붙이는 포지션이 투수다. 야구는 당연히 투수 놀음이지, 하면서 말이다. 그러나 방망이도 잘 돌리고, 발도 빠르고, 'BQ'라고 불리는 야구 IQ가 좋은 데다, 대한민국 최고의 투수를 만들기 위해 혈안이 되어 있는 부유한 엄마까지 둔 환희 형에게 결정적으로 부족한 것이 하나 있었으니, 바로 '깡'이었다. 연습 투구는 문제없었으나 정식 시합의 투수로 마운드에 올라간 환희 형의 제구는 속수무책으로 스트라이크존을 벗어났다. 코치님은 환희 형에게 '쿠크다스 멘털'이라는 별명을 붙여줬다. 반면에 타격도 달리기도 가족의 지지도 환희 형보다 현저히 뒤떨어졌던 내가 유일하게 앞선 것 역시 '깡'이었다. 아, 누가 더 열심히 '노력'했냐고? 야구 모르시는 말씀. '노력'은 철저한 기본값이다. 노력을 논한다는 것은 프로는 애초에 물 건너갔다는 의미와 같다.

환희 형이 유명한 건 야구 실력 때문만은 아니었다. 형의 어머니도 야구계에서 무척 유명 인사였다. 아들을 엘리트 프로야구선수로 키우기 위해 쏟아부은 그녀의 노력은 미디어의 여러 경로를 통해 소개됐다. 타고난 신체 조건이 실력 향상의 절반 이상을 차지하는 스포츠계에서 작은 키와 왜소한 체구를 가진 선수가 톱티어 '타자'가 된 건 분명 흔한 사례는 아니었다.

형의 어머니는 톱티어 '투수'가 될 수 있었던 형의 미래를 내가 빼앗았다고 생각했는지 늘 형에게서 나를 멀리 떨어뜨려 놨다. 얼음보다 차가운 눈빛으로 말이다. 환희 형의 가로로 긴 눈매는 형의 어머니와 똑 닮아 있었다. 그러나 눈빛은 달랐다. 그 찌를 듯한 날카로운 눈빛을 닮기엔 형은 너무 어리고 여렸다. 하지만 오랜 시간이 지난 지금 형의 눈빛은 신기하게도 형의 엄마와 거의 같아져 있었다.

"내 공도 겁나 살벌하다는 소문, 아직 못 들은 귀도 있냐?"

나는 고개를 설레설레 저으며 영은이에게 공을 던졌다. 공을 던지면서도 타석을 바라보느라 촉각을 곤두세웠다. 몸을 풀 수 있는 불펜이 따로 없는 경기장에서는 경기가 진행되는 그라운드 구석에서 몸을 풀어야 하는데, 그럴 때면 날아오는 파울 공에 맞지 않도록 주의해야 했다.

"어이, 인류애. 너희는 가드도 안 세워주냐?"

엄마였다. 입에 뭔가를 가득 넣고 우물거리며 물었는데 알아듣는 나 자신이 용했다.

"뭐 먹어요?"

"민찬 어머님, 안녕하세요."

영은이의 인사에 엄마는 양손을 올려 보였다. 한 손은 영은이에게 흔들었고, 나머지 한 손으로는 반쯤 남은 보름달 빵을 들고 있었다.

"가드 없냐고. 그라운드에서 몸 푸는 투수 옆에 가드도 안 붙여주는 감독이 어디 있어?"

누군가 들으라는 듯 큰 목소리였지만 그 누군가는 작전을 지시하느라 몹시 바빴다.

"조용히 좀 해주실래요? 그게 더 방해되거든요?"

나는 엄마에게 으름장을 놓고 영은이의 사인에 맞춰 공을 던졌다. 직구, 높은 패스트볼, 커브. 컨디션은 최상이었다. 영은이의 글러브에 공이 꽂히는 소리만 들어도 알 수 있었다. 관중석으로 돌아간 줄 알았던 엄마는 나에게서 대각선으로 2미터 정도 떨어져서 빵을 먹고 있었다.

"엄마, 거기서 뭐 하세요?"

"보름달 먹는데?"

당연한 걸 물어본다는 듯이 태연했다.

"왜 거기서 먹어요?"

"여기 시야가 상당히 좋네. 보름달 명당이야, 아주."

손에 든 빵을 크게 베어 문 엄마를 보고 영은이는 나에게 입 모양으로 '완전 관종'이라 말한 뒤 커브 사인을 냈다. 나는 피식 웃으며 글러브 속에서 가장 가느다란 쪽의 실밥을 검지, 중지로 고쳐 잡고 와인드업을 했다. '퍽' 하는 소리와 함께 호루라기가 울렸고 동시에 관중석이 웅성거렸다. 경기 중인 투수를 제쳐두고 나를 볼 만큼 내 커브가 완벽했나. 좋긴 좋았지만 그 정도까지는 아닌 것 같은데, 하며 어리둥절한 채로 영은이와 눈을 맞췄다. 영은이는 벙찐 표정으로 엄마 쪽을 향해 턱짓했다.

무심한 표정으로 빵을 먹고 있는 엄마의 오른손에는 야구공이 들려 있었다. 내 머리를 향해 날아오던 파울 공이었고 당연히, 맨손이었다.

그때 광남고의 3번 타자가 아웃되면서 투수 교체 사인이 났다. 놀라는 건 잠시 후에 계속해도 늦지 않았기에 나는 서둘러 마운드에 올라갈 채비를 했다.

"어이, 인류애."

엄마의 목소리에 고개를 돌렸다.

"커브 던질 때 손목 너무 과하게 쓰지 말고 손가락 모양 끝까지 유지해서 던져. 그리고, 하체. 하체 흔들리지 않게 제대로 심어라."

엄마가 하는 말을 정확하게 이해할 수 있었지만, 그 말이 엄마의 입에서 나오고 있는 지금 이 상황을 도무지 이해하기 힘들었다. 하지만 이해 역시 잠시 후에 계속해도 늦지 않았다. 마운드에 뛰어 올라가 연습 투구를 몇 개 던진 나는 영은이를 보며 고개를 끄덕였다. 포수마스크 속 영은이의 눈빛에서 불안함은 전혀 찾을 수 없었다.

배트를 등 뒤로 돌리며 천천히 타석에 들어오는 환희 형의 눈은 나에게 고정돼 있었다. 광남고 더그아웃에서 응원 소리가 들렸다.

"지환희 눈빛 살벌하다 살벌해! 눈으로 투수 찌르겠네! 어린 투수 무서워서 공 던지겠나!"

하지만 너무 많은 감정이 뒤섞인 환희 형의 눈빛은 무섭기보다는 무거워 보였다. 심판의 경기 재개 사인이 났고, 나는 크게 숨을 한 번 들이마신 뒤 천천히 내뱉었다. 고등학생이 되고 첫 등판이었다. 마지막 등판 이후로 3개월이 훌쩍 넘었다. 쿨타임 찬 최민찬의 위력이 얼마나 근사한지 보여줄 시간. 초구는 누구의 사인도 받지 않는다. 초구는 당연히, 한복판에 스트라이크.

최종 스코어는 6 대 4. 9회 초에 솔로홈런으로 1점을 더 달아나게 한 장본인은 자랑스러운 내 마누라 포수 이영은, 그리고 9회 말 안전하게 승리의 문빗장을 잠그고 내려온 세이브 투수는 당연히 나, 최민찬이었다.

"여어, 최민찬. 오늘 볼 완전 신선하던데. 자연산 활어회인 줄."

선배들이 하나둘씩 내 앞을 지나가면서 감탄 섞인 칭찬을 보냈다. 당연히 뒤통수와 정수리를 강타하는 축하 세리머니도 함께였다. 웃기게도 이 과격한 세리머니를 받으면 무지 아픈데 무지 기분이 좋다. 나는 모자의 챙을 살짝 잡고 일일이 고개를 꾸벅 숙이며 우렁차게 '감삼다!'를 열두 번 정도 외쳤다.

모두 라커 룸으로 사라지고 나서야 목이 마르다는 생각이 들어 아이스박스에서 이온음료 두 개를 꺼냈다. 하나는 연두색, 하나는 파란색. 수건으로 땀을 닦고 있는 영은이 옆에 앉았다.

"마지막 공은 스트라이크존에서 좀 빠졌지?"

"이 형님이 스트라이크 하나 기가 막히게 만들어준 거지."

파란 음료를 마시는 영은이의 옆구리를 팔꿈치로 툭 치며 기특해한 뒤 나도 연두색 음료 뚜껑을 땄다.

"환희 형, 삼진으로 아웃된 거 간만일걸. 아니, 올해 들어 처음일지도? 엄청 빡쳤더라. 더그아웃 들어가서 배트 빠개던데."

나는 얼음장처럼 차가운 음료를 꿀꺽꿀꺽 넘겼다. 목구멍이 수축하고 팽창하는 게 느껴졌고 심장이 아렸다.

"결정구로 던진 커브는 진짜 대박이던데? 2층에서 떨어지는 줄."

인정하고 싶지 않지만, 커브는 등판하기 전 엄마의 조언이 결정적이었다. 커브를 던질 때 손목으로 공을 누르는 습관이 있었다. 나쁜 습관인 걸 알면서도 무의식중에 내가 편한 방식대로 던지고 있던 버릇을 엄마가 바로잡아 준 것이다. 하체가 흔들리는 것은 인지도 못 하고 있었고. 야구 끔찍하게 싫어하는 양반치고는 제법 인사이트 있는 조언이었다. 투 머치 토커라서 아는 게 많은 건가. 아는 게 많아서 투 머치 토커가 된 건가. 혹시 위급 상황 대처 방법처럼 엄마 학창 시절에는 야구도 필수 교육 과정에 있었나. 아무리 생각해도 일반인이 할 만한 조언은 아니었는데…….

"민찬이 오랜만이다."

그라운드 쪽 펜스 너머에서 귀에 익은 음성이 들렸다. 또각또각 구두 굽 소리와 함께 더그아웃으로 들어온 사람은 다름 아닌 환희 형의 어머니인 정수리 마녀, 아니, 정수미 아줌마였다. 정수리 마녀는 아줌마가 절대로 정수리가 보일 정도로 머리를 숙이지 않는다고 붙은 별명이었다. 오늘은 베이지색 트렌치코트를 차려입고 있었다. 짧은 커트머리와 걸음마다 헨젤과 그레텔의 빵 조각처럼 흔적을 남기는 진한 향수 냄새는 여전했다. 나는 자리에서 일어나 허리를 굽혀 인사했다. 그때 멀리서 달랑달랑 방울 소리와 함께 통통 뛰어오는 발소리가 들렸다. 돌아보지 않아도 하늘이였다. 잠시 느려지던 발소리는 '어?' 하고 놀라더니 이내 와다다 빨라져 어느새 내 앞에 도착했다.

"아줌마, 안녕하세요! 여전히 우아하시네요."

아줌마는 고개만 돌려 하늘이를 위아래로 훑었다.

"하늘이도 이 학교 다니니? 공부는 여전히 잘하고?"

"그럼요. 문제없죠. 환희 오빠 경기 보러 오셨어요?"

대답 없이 테이크아웃 커피 컵을 들고 팔짱을 낀 채로 주변을 둘러보는 아줌마의 미간에 깊은 주름이 잡혀 있었다. 아줌마의 시선은 다시 나에게로 향했다.

"할머니 돌아가셨다는 얘긴 들었어. 힘들었겠네."

"괜찮습니다."

마음이 섞이지 않은 말에는 마음을 섞지 말고 대답해야 하는 법이다. 기브 앤 테이크.

"부상은 없니?"

"아직까진 없습니다."

"투수 계속할 거니?"

아줌마는 본인의 입에서 나온 질문이 쓸모없게 느껴졌는지 코웃음을 쳤다.

"아직까진 그럴 생각입니다."

"왜 투수를 고집하는 거야? 겉멋 빠질 때 되지 않았어?"

"멋은 진작 빠졌고요, 실력입니다."

"어른한테 한마디도 안 지는 건 여전하구나."

"누구한테든 쉽게 지는 편은 아닙니다."

아줌마의 입술이 파르르 떨렸다. 아줌마는 손에 들고 있던 컵을 잔뜩 힘주어 구기곤 쓰레기통으로 던졌다. 구겨진 컵은 쓰레기통 입구에 맞고 밖으로 떨어졌다. 컵 안에 남아 있던 커피가 쓰레기통과 더그아웃 바닥에 튀었다.

"아까 너 몸 풀 때 붙어 있던 사람은 누구야? 새로 온 투수코치니? 이 업계에서 처음 보는 사람이던데."

본론으로 들어서자 아줌마의 말이 빨라졌다. 생각을 읽기 쉬운 타입이었다. 아줌마가 중얼거렸다.

"얘 눈이 뭐가 어떻다는 거야. 뚱하기만 한데."

음, 생각을 읽히건 말건 신경 쓰지 않는 타입이라는 표현이 더 정확할 것 같았다.

"저기요, 거기 머리 짧고 황토색 코트 입고 표정 안 좋은 아주머니."

그때 라커 룸 안에서 커다랗고 검은 형태가 껄렁껄렁 걸어 나왔다. 영은이와 하늘이는 의아한 눈으로 엄마를 쳐다봤고 나는 잠깐 더그아웃 천장을 올려다보며 생각했다. 혹시 이거, 위급 상황인가?

"저요?"

"아유, 당연히 아주머니시죠."

"언제 봤다고 아주머니야, 아주머니는. 예의 없게."

엄마는 아무 말 없이 우리를 지나쳐 뚜껑이 열린 쓰레기통으로 향했다.

"불렀으면 말을 하세요. 저한테 무슨 용건 있어요?"

이것저것 겹친 짜증이 한계에 다다른 목소리였다. 엄마는 쓰레기통 앞에서 커피를 토하며 널브러진 종이컵을 집어 들었다.

"용건은 아니고, 줄 건 있지."

들고 있던 컵을 아줌마 앞으로 쭉 내밀자 엄마의 후드집업 소매에 커피가 살짝 쏟아졌다.

"이걸 왜 날 줘요?"

"아주머니 거잖아요."

"쓰레기통에 버렸잖아요."

"들어가지 않았잖아요. 그리고 내용물은 빼고 버리셔야지. 쓰레기통이 상당히 더러워졌잖아요, 아주머니."

"그게 댁이랑 무슨 상관이에요. 댁이 여기 청소부예요?"

"혹시 '예의'라는 거 아시나, 아주머니? 약속하지 않았지만, 너와 내가 함께 지키면 세상이 아름다워지는 거. 응?"

엄마는 손안의 종이컵을 아줌마 얼굴 쪽으로 다시 한번 뻗으며 받으라는 식으로 흔들었다. 아줌마는 '이 사람 지금 뭐라는 거야'라고 읊조리면서 엄마를 위아래로 천천히 스캔했다. 팔짱을 낀 아줌마의 팔은 조금도 움직이지 않았다. 엄마는 입술을 한 번 삐쭉 내밀고는 아줌마를 향해 큰 걸음으로 바짝 다가섰다. 아줌마가 주춤하며 뒤로 물러섰다. 엄마는 그대로 컵에 조금 남아 있던 커피를 쭉 들이켜고는 컵을 머리로 올려 거꾸로 들었다. 컵이 비었다는 걸 확인하라는 뜻이었다. 구석에 뭉쳐 있던 우리 셋은 침을 꼴깍 삼켰다. 엄마는 평온한 표정으로 빈 컵을 힘껏 구겨 쓰레기통 안으로 던져 넣었다.

"골인!"

아줌마는 쓰레기통과 엄마를 번갈아 쳐다봤다. 얼굴에는 실소가 어려 있었다.

"아름다운 세상 만듭시다, 아주머니."

엄마는 오른손으로 주먹을 만들어 작게 파이팅을 했다. 나는 모자챙을 깊이 내려 얼굴을 가렸다. 엄마는 주머니에 두 손을 찔러 넣고 뒤를 돌아 휘파람을 불며 유유히 걸어갔다. 내가 정수리 마녀래도 끝장나게 재수 없는 뒷모습이었다.

"당신 뭐예요? 대체 뭐 하는 사람이길래 생판 얼굴도 모르는 사람 붙잡고 훈계야, 훈계는? 기가 막혀 죽겠네."

"나? 최민찬 엄마."

돌아본 엄마는 당연한 걸 묻는다는 듯 천연했다.

"민찬이 엄마예요, 제가."

아줌마의 역정 가득한 표정이 놀라움으로 변화하는 데는 3초도 걸리지 않았다.

"그러니까 앞으로는 나 없는 데서 애 괴롭힐 생각 마시고."

나는 모자챙으로 겨우 가렸던 얼굴을 퍼뜩 들어 엄마를

바라봤다.

"다음에 볼 땐 이왕이면 예의도 좀 장착하시고."

아줌마는 마치 정지화면처럼 멈춰서 입술을 달싹였다. 뭔가 말하고 싶지만 말문이 막힌 것 같았다. 엄마는 그대로 뒤를 돌아 휘파람을 마저 불며 더그아웃 밖으로 향했다.

"어이, 인류애. 교문 벤치에 있을게. 후딱 짐 싸서 나와라. 3분 준다."

민찬이 엄마.

엄마가 이렇게나 근사한 단어였던가. 아니, 이렇게나 든든한 단어였던가. 나는 부리나케 일어나 라커 룸으로 뛰어갔다. 가슴속에서 무언가가 차오르는 느낌이 생경해 자꾸만 멈춰서 숨을 골라야 했다.

라커 룸에서 나오니 하늘이와 영은이가 나란히 벤치에 앉아 화기애애하게 이야기를 나누고 있었다. 나는 영은이의 시선이 자주 하늘이에게 머문다는 것을 오래전부터 눈치채고 있었다. 그래, 뭐 영은이라면 나쁘지 않지. 아니, 아주 훌륭한 편이지. 하늘이의 남자 친구로. 그렇긴 한데…….

"나 먼저 간다."

나는 둘을 지나쳤다. 가능한 한 천천히. 그때 하늘이가 벌떡 일어나 내 앞을 가로막았다.

"숙여봐."

멀뚱하게 쳐다보는 나에게 하늘이가 다시 말했다.

"나랑 눈 맞추게 숙여보라고."

다리를 벌려 하늘이와 시선을 맞췄다. 오랜만에 같은 눈높이에서 하늘이를 보니 기분이 묘했다. 꽁꽁 얼었던 손이 녹을 때처럼 심장이 간질거렸다.

"최민찬, 너 경기할 때처럼 눈 떠봐."

행간을 읽을 시간이 필요했던 나는 고개를 갸웃거렸다.

"아이참, 너 경기할 때 눈 어떻게 뜨냐고."

"글쎄. 뭐, 부릅?"

하늘이는 도무지 모르겠다며 손가락으로 턱을 톡톡톡 두드렸다. 뭔가를 궁리할 때 나오는 행동이었다.

"눈을 뭐 어떻게 떠야 하는데?"

"아니, 아까 환희 오빠 삼진당하고 말이야. 너희 어머니랑 하이 파이브 하는데, 정수리 마녀가 우리 감독님한테 온 거야."

"광남고 야구부 학부모님께서 풍향고 감독님한테 왜?"

무심하게 휴대폰을 보는 척하면서도 하늘이의 말을 놓칠세라 듣고 있던 영은이가 물었다. 하늘이는 아줌마처럼 팔짱을 단단히 낀 채 턱을 치켜올리며 성대모사를 했다.

"1학년을 등판시키다니, 왜죠? 감독님다운 선택이 아니네요."

영은이는 하늘이의 성대모사가 귀여워서 어쩔 줄 모르겠다는 표정으로 애써 웃음을 참으며 말을 이었다.

"와, 야구계에 모르는 분이 없으시네. 존경한다, 존경해. 그랬더니? 감독님이 뭐라셔?"

하늘이는 목청을 큼큼 가다듬더니 이번에는 감독님을 흉내 내며 떨떠름한 말투로 말했다.

"공 던질 때 그 새끼 눈빛 못 보셨죠? 완전히 '도른자'예요."

"노른자?"

영은이의 어이없는 되물음에 하늘이가 '도. 른. 자'라고 정정했다.

"그래서 '도른자' 눈빛 좀 확인하려고 했는데, 잘 모르겠네."

하늘이는 아랫입술을 삐죽 내밀더니 사뭇 심각한 표정을 지으며 가방을 멨다.

"갈게! 둘이 천천히 와. 아, 그리고 감독님이 한마디 덧붙이셨어."

나와 영은이는 동시에 하늘이를 바라봤다.

"방망이도 잘 돌려요."

말을 마친 하늘이는 팔을 길게 뻗어 흔들며 그라운드를 가로질러 뛰어갔다. 작은 왈라비처럼. 귀엽게. 콩콩콩.

영은이는 뛰어가는 하늘이의 뒷모습을 두 눈 가득 담고 있었다. 누가 봐도 사랑에 빠진 열일곱 살의 눈빛이었다.

"매니저 귀엽지 않냐."

"그런가. 잘 모르겠는데."

나는 어깨를 괜히 돌렸다. 삐걱 소리가 나는 것 같았다.

"네가 좀 도와주라."

"뭘."

"나 매니저 좋아하는 것 같아. 많이. 도와줘."

영은이의 부탁에 내가 뭐라고 대답했는지 잘 모르겠다. 그래, 뭐, 잘됐네, 축하한다, 이런 쓰잘머리 없는 소리를 지껄였던 것 같다. 갑자기 축하는 뭔 축하야. 가슴이 답답해진 나는 교실에 이어폰을 놓고 왔다며 영은이를 먼저 보내고 교실 쪽으로 향했다. 이어폰은 가방 뒷주머니에 고이 잠들어 있었다. 교실 앞에서 이어폰을 꺼내고 복도 벽에 기댔다. 음악을 들을 생각은 없었지만, 이왕 꺼냈으니 귀에 꽂았다.

하늘이에게 영은이라. 하늘이 옆에 영은이라. 내가 아닌 영은이라. 하늘이도 영은이에게 호감이 없는 것 같지는 않았다. 리더십 있고, 유머도 있고, 살집이 있는 편이지만 오히려 그게 곰처럼 듬직한 매력이기도 했다. 영은이를 싫어하는 사람은 본 적이 없다. 만약 영은이가 하늘이의 남자친구가 된다면. 그럼, 나랑 하늘이는 뭐가 되는 걸까? 아니, 나는 하늘이의 뭐가 되고 싶은 거지? 우리가 17년 동안 쌓아온 세월은 물거품처럼 사라지게 되는 걸까. 세월은 힘이 없나.

나는 휴대폰을 꺼내 유튜브 뮤직에서 '윤종신'을 검색했다. 엄마가 윤종신의 음악을 듣는 이유가 '쌓아온 세월에 대한 경례'라고 말했던 게 생각나서였다. 그 경례가 지금 나에게 꼭 필요했다. 아무 곡이나 눌러 볼륨을 높이고 천천히 교문으로 걸어갔다.

좋으니 사랑해서
사랑을 시작할 때
네가 얼마나 예쁜지 모르지
좋아 정말 좋으니
딱 잊기 좋은 추억 정도니

난 딱 알맞게 사랑하지 못한
뒤끝 있는 너의 예전 남자 친구일 뿐
스쳤던 그저 그런 사랑

와, 겁나 찌질하네. 근데 왜 이렇게 내 얘기 같냐. 시무룩하게 땅만 보고 걷던 나는 음악이 끝나고 나서야 고개를 들었다. 어느새 교문에 거의 다다랐는데 익숙한 뒷모습 둘이 벤치에 앉아 이야기를 나누고 있었다. 나는 노이즈캔슬링을 껐다. 딱히 살금살금 다가가려고 한 것은 아니었지만 둘은 대화에 빠져서 내 발소리를 듣지 못하는 듯했다.

"어? 민찬 어머님, 팔에 흉터 있으시네요? 근데 흉터 모양이랑 크기가 민찬이 다리에 있는 거랑 완전 똑같아요!"

걸쳤던 후드집업을 무릎 위에 벗어놓은 엄마의 반소매 아래로 팔이 훤히 드러나 있었다.

"아, 그래? 인류애 다리에 흉터가 있어? 몰랐네. 다리 어디에?"

"인류애? 민찬이 별명이에요? 쭈쭈친구에서 한층 철학적으로 바뀌었네. 아, 허벅지 쪽이요. 손바닥 정도 길이로 길쭉하게."

하늘이는 엄지와 새끼손가락을 펴서 한 뼘을 만들어 '이 정도' 하며 엄마에게 보여줬다.

"어머님도 화상 흉터인가 보네요?"

"응. 딱 보면 아네. 인류애는 어쩌다가 화상을 입었어?"

"여덟 살 땐가. 야구 유니폼 다림질하려고 다리미 달궈 놓고 화장실 다녀오다가 다리미 줄에 걸려서 뜨거운 다리미 위로 꽈당. 그렇게 됐죠, 뭐. 그냥 넘어진 것도 아니라 하필 비닐이 다리미랑 같이 허벅지에 눌어붙었대요. 떼어 내려고 해도 안 떼어졌다고 하더라고요. 다리미가 엄청 옛날 옛적 다리미라 꼬마가 들기에는 무거웠나 봐요."

"저런. 꼬마가 무슨 다림질을 한다고. 그것도 곧 구겨지고 더러워질 야구복을."

"아저씨, 아니 죄송. 어머님은요?"

엿듣는 것 같아 껄끄러운 마음에 기척이라도 내볼까 하다가, 길을 가던 중에 우연히 듣게 된 거라고 합리화했다. 사실 나도 엄마 팔의 흉터가 궁금했으니까.

"그냥 인류애 없을 때는 아저씨라고 부르는 게 어떨까? 사실 나 아저씨 될 나이가 아니긴 한데. 지금은 그 아저씨 호칭, 상당히 마음에 드네."

"그럴 순 없지요. 민찬이가 꼭 어머님이라고 불러달라고 했어요. 아무튼, 어머님은요?"

그렇지, 기특한 김하늘. 17년 쭈쭈친구 보람이 있네.

"라면 끓이다가 냄비 엎었지, 뭐. 나도 여덟 살이나 아홉 살. 그쯤 됐으려나."

엄마는 어깨를 한 번 으쓱했다. 별일 아니라는 듯이.

"저런. 꼬마가 무슨 라면을 끓인다고. 우유에 초코파이나 먹지. 여덟 살에 야구복 다리는 민찬이도 그렇고, 여덟 살에 라면 끓이는 어머님도 그렇고, 엄청 성숙했네요."

"그거 알아? 인류애 쭈쭈친구? 성숙하고 싶은 꼬마는 없다는 거?"

하늘이는 엄마를 쳐다보며 턱을 톡톡톡 쳤다. 아마 댕그란 눈은 더 댕그래졌을 것이다.

"빨리 성숙해져야 하는 꼬마는 성숙해질 필요가 없는 꼬마들의 철없음이 매일매일 부럽다는 거. 엄마한테 잘해, 쭈쭈친구. 쭈쭈 나눠 주는 인류애 가득한 엄마가 네 엄마인 걸 감사하게 생각해야 해."

계속 앞을 보고 있던 엄마가 하늘이 쪽으로 고개를 돌렸다. 미간에 주름을 만들고 입을 앙다문 장난기 가득한 표정이었다. 하늘이도 엄마를 마주 보며 같은 표정을 짓는 모습을 보니 살짝 웃음이 나왔다. 나는 표정을 가다듬고 벤치를 지나 유유히 정문으로 걸어갔다.

"어, 민찬이다. 최민찬! 민찬아!"

포롱포롱 날아오는 하늘이가 곁눈질로 보였다. 흰머리 오목눈이처럼, 아주 귀엽게. 하늘이에게 팔꿈치를 잡힌 나는 능청스럽게 이어폰을 뺐다.

"인류애, 너 빨리빨리 안 다닐래? 이어폰 하루 안 쓰면 어때서 교실까지 갔다 오냐?"

엄마는 투덜대며 앞서 걸었다. 먼저 간 영은이에게 들은 모양이었다.

"뭐 들었어? 뭐 듣느라고 정신이 홀랑 나가서 앞만 보고 직진이냐? 응? 쪼쪼친구 겸 인류애! 같이 좀 듣자."

하늘이가 주먹을 쥐고 내 팔뚝을 때렸다. 아기 고양이의 '냥냥 펀치'처럼, 팡팡팡. 엄청 귀엽게.

"쌓인 세월에 대한 경례."

"그게 뭐야? 노래 제목이야?"

"뭐, 그런 게 있어."

앞서 걷는 엄마의 등판을 봤다. 무척 단단하고 넓었다. 작고 여렸던 등판이 저렇게 커지는 시간 동안 얼마나 혼자 외로웠을까. 여덟 살의 엄만호에게 찾아가서 계란 넣은 안성탕면을 끓여주고 싶은 밤이었다.

3.

얼굴 보고 토킹

방과후 라커 룸에 들어가니 영은이가 나를 툭 치며 작은 목소리로 게시판 좀 확인해 보라고 말했다. 오늘따라 차분한 영은이의 태도가 낯설었다. 게시판에는 못 보던 종이가 한 장 붙어 있었는데, 수신자는 풍향고등학교 야구부 학부모였다. 하지만 그 '공지사항'은 사실 나 한 사람만을 저격하고 있었다. 물끄러미 쳐다보며 내용을 파악하고 있는데 어느새 내 옆에 온 하늘이가 본문을 소리 내서 읽었다.

"야구부 발전을 위한 학부모님들의 성원에 감사드리며 기쁨과 평안이 넘치…… 블라블라 패스. 선수들의 경기력 향상과 훈련 집중도를 높이기 위해 팀 운영 관리에 힘쓰고자…… 패스. 이에 따라 금일부터 더그아웃, 라커 룸, 그라운드 등 선수 전용 구역에는 선수의 '법률상 친권자'를 제외한 모든 외부인의 출입이 제한됨을 양해 부탁드립니다?"

"이거 우리 엄마한테 하는 소리 맞지?"

"아니라곤 못 하겠다. 근데 갑자기 왜?"

'법률상 친권자'라는 단어 뒤에 숨어 있는 진짜 의미를 알고 싶었다.

"감독님한테 물어봐야겠다."

감독님은 그라운드에서 수비 연습을 위해 배트로 공을 치고 있었다. 아담한 키에 지방으로 부푼 상체와 근육이라곤 찾아볼 수 없는 하체를 가진 감독님을 보면 한때 유명한 야구선수였다는 사실이 믿기지 않았다. 하지만 종종 시합에 집중하는 감독님에게서는 무언가를 이루기 위해 자신의 긴 시절을 바쳤던 사람만이 가질 수 있는 매서운 눈빛이 비쳤다. 그 찰나를 포착할 수 있는 사람은 그리 많지 않지만.

"감독님."

배트를 잠시 멈춘 감독님은 거칠게 숨을 몰아쉬며 나를 쳐다봤다.

"게시판 확인했습니다. 갑자기 저런 공지가 내려온 이유를 알고 싶습니다."

"이유가 어디 있어, 자식아. 위에서 하라면 해야지."

"네?"

"KBSA(대한야구소프트볼협회)에서 협조 공문 내려왔어. 민원 들어왔다고."

"무슨 민원이요?"

"외부인 출입 금지해 달라고. 운동에 방해된다고."

"그럼, 저희 엄마는요?"

"너희 엄마, 뭐? 너희 엄마는 법률상 친권자 아니야?"

너무나도 당연한 걸 물어본다는 듯이 태연하고 퉁명스러운 말투가 생경했다. 성향이 대쪽 같은 감독님은 융통성 없고 앞뒤가 꽉 막혔다고 소문이 자자했다. 그렇기에 오히려 편견 없이 합리적이고 빈정대는 분은 결코 아니라고 생각했었는데. 내 생각이 틀린 것 같았다. 나는 주먹을 꽉 쥐고 눈을 똑바로 떴다.

"아시다시피, 저희 엄마는 친권자가 아닙니다. 하지만 외부인은 더더욱 아닙니다. 제 하나뿐인 가족이에요. 공정하지 않습니다."

"KBSA에 가서 따져. 왜 나한테 그래? 웃기는 놈일세, 이거?"

나 몰라라 하는 투의 무성의한 대답을 듣자 점점 더 화가 났다. 무척이나 서운했다. 나는 크게 숨을 들이마시고 천천히 내뱉었다. 마음이 요동치면 몸이 반응했다.

"뭐 해. 글러브 안 껴? 훈련 안 할 거야?"

감독님은 배트로 공을 높이 띄워 멀리 보냈다. 나는 날아가는 공을 보지 않고 모자를 벗었다. 그리고 허리를 깊숙하게 숙였다.

"저희 엄마도 그라운드에 들어오실 수 있을 때까지 혼자 훈련하겠습니다. 그간 감사했습니다."

인사는 정중하게, 뒷모습은 단호하게. 감독님은 굳이 나를 돌아보지 않았다. 다만 배트로 공을 치는 박자에 맞게 시조를 읊었다.

'깡!' "도른자야 도른자야."

'깡!' "도른자가 확실하네."

'깡!' "도른자야 도른자야."

'깡!' "도른자를 누가말려."

타석에서 대기하던 영은이의 걱정 가득한 눈빛이 느껴졌지만 일부러 모른 척했다. 잔소리로 이어질 게 뻔했으니까.

서둘러 가방을 챙겨 훈련장을 빠져나왔다. 보안 초소는 다행히 비어 있었다. 보안관 윤 선생님을 만나면 분명히 훈련 도중에 빠져나온 이유를 구구절절 설명해야 했을 거다. 지금은 그럴 기분이 아니었다. 야구를 시작한 지 10년 만에 처음으로 한 일탈 행동이었다. 오늘 훈련장에 오기 전까지 한 번도 상상해 본 적 없는 일을 다짜고짜 저질러 버린 것이다. 하지만 감정에 휘둘린 건 아니다. 전적으로 이성적인 선택이었다. 공정하지 않은 일이 눈앞에서 벌어졌을 때 묵과하지 않고 항의하는 게 정의로운 대한민국 청소년의 의무다. 뭐, 차별 금지법, 그런 것에 위배되는 것 같기도 하고 말이다. 그래서 정의를 수호한 기분이 어떤지는 묻지 말았으면 좋겠다. 엄청 쫄리는 중이니까.

집 근처에 운동장을 개방하는 초등학교가 있었다. 야구부 훈련이 없는 날에 가끔 개인 훈련을 하던 곳인데 당분간은 그곳을 이용해야 할 듯했다. 걸어가는 도중에도 오만가지 생각이 튀어나와 머릿속을 뒤흔들었다. 언제까지 훈련에 불참해야 할까? 훈련 필참 일수도 규율로 정해져 있잖아. 훈련에 참석 안 하면 시합에도 제외되는 건 알지? 나 없으면 팀에 투수가 없나? 아니지, 너무 있지. 나 없으면 팀이 안 돌아가나? 아니지, 너무너무 잘 돌아가지. 이러다 야구부 탈퇴 통보라도 받으면 어떡할 건데. 최민찬, 너 야구 안 하고 살 수 있어? 여기까지 생각이 미쳤을 때, 비로소 내가 무슨 짓을 저질렀는지 실감할 수 있었다. '도른자' 맞네. '도른자'가 맞았어.

그럼, 엄마 없는 그라운드에서 공 던질 수 있어? 아니, 그러고 싶지 않아. 마운드에서 내려와 돌아갈 곳이 없어 서성대는 일은 더 이상 겪고 싶지 않아.

나는 휴대폰을 열어 공무원에게 메시지를 보냈다.

'담당자님, 잠깐 통화하실 수 있을까요?'

휴대폰 화면을 끄자마자 진동이 울렸다. 공무원이었다. 3초도 걸리지 않았을 거라고 장담할 수 있다. 나는 수신 버튼을 눌렀다.

"담당자님, 잘 지내셨어요?"

"그럼요. 덕분에요. 오, 여기서 말하는 덕분은 인사치레가 아니고요. 정말 민찬 군 덕분이에요. 민찬 군이 만호 씨를 책임져 준 덕분에 막혔던 혈이 뚫렸다고 할까. 아니, 그렇다고 만호 씨가 고지혈증 같은 사람이란 건 아니고요. 막혔던 하수구가 뻥 뚫렸다고나 할까. 아니 아니, 그렇다고 만호 씨가 오물이란 건 아니고요."

공무원의 손에서 땀이 흘러나와 휴대폰을 떨어뜨리기 전에 본론으로 들어가야 했다. 나는 단도직입적으로 물었다.

"가족 지원 공무원이 '법률상 친권자'가 아닌가요?"

공무원은 하던 말을 멈추고 한참 뜸을 들였다. 이내 '잠깐만요, 민찬 군'이라고 말한 뒤 휴대폰을 툭 하고 내려놓는 소리가 들렸다. 뭔가 찾고 있는 것일까. 내가 듣기에 곤란한 대답을 하려는 걸까.

"세상에나. 미안해요, 민찬 군. 우리 동해가 식촛물을 먹으려 해서 잠깐 다녀왔어요. 과일 세척용 물인데. 동해야, 죄송합니다, 해야지. 아, 민찬 군, 동해는 제 딸이에요. 고양이."

순식간에 많은 정보가 한꺼번에 흘러 들어왔다. 강릉의 딸 동해는 고양이. 식초를 먹으면 안 됨. 하지만 그중에 내가 필요한 정보는 없었다.

"그리고, 법률상 친권자는 당연히 아니죠. 민찬 군."

내가 원하는 정보가 아니었다. 운동장에 다다른 나는 구석에 놓인 구름다리 기둥에 몸을 기댔다.

"하지만, 법률상 친권자 '자격'은 당연히 부여되지요. 그게 저희 제도의 주된 역할인데요. 언제든 친권자가 필요할 때 친권자를 대신할 수 있어야죠. 친권자가 없다는 사실 때문에 소외되는 청소년들이 생긴다면."

"그럼 저희 엄마, 엄만호 씨도 제 친권자 자격이 있는 거죠?"

"아이고, 우리 민찬 군 성격이 아주 급하네요. 우리 동해만큼 급해요. 그럼요!"

"증명을 어떻게 해요? 증명서 같은 거 발급되나요? 어디서 받을 수 있어요? 제가 지금 구청으로 갈까요?"

마음이 조급해진 나는 스피커폰을 켜고 검색창을 열었다. '가족 지원 공무원 친권자 증명서'라고 타이핑하며 교문으로 향했다. 구름다리 아래 깔린 모랫바닥에 발이 쿡쿡 빠졌지만, 이상하게 우레탄 바닥을 밟는 것처럼 폭신하면서도 통통 튀는 기분이었다. 공무원의 목소리는 더 이상 내 귀에 닿지 않고 공중에 흩어졌다. 그때 누군가 부스럭거리며 다가왔다. 내 왼쪽 얼굴에 그늘을 만들며 나타난 그 사람의 정체는……

"어이, 강원도 삼척! 그냥 끊어요. 인류애 지금 자체 노이즈캔슬링 중이야."

장바구니를 들고 있는 엄마였다. 나는 일단 멈춰서 상황을 파악하려고 했지만 무슨 일인지 이해가 되지 않았다.

"엄마, 여기서 뭐 해요?"

"나? 가는 길."

"어딜요?"

"너한테?"

"왜요?"

"비행 청소년 신고 들어와서? 짜샤, 나 공무원이잖아."

피식 웃음이 나왔다. 마음이 놓였다. 엄마가 옆에 있을

뿐인데 주변의 공기가 한층 부드러워진 느낌이 들었다. 빽빽했던 계란 노른자에 마요네즈를 넣어 비빈 느낌이랄까.

"신고자가 누군데요?"

"누구겠냐. 네 하나밖에 없는 쭈쭈친구지."

"여기 있는 건 누가 가르쳐줬어요?"

"누구겠냐. 네 하나밖에 없는 마누라지."

엄마는 양손에 든 터질 듯한 장바구니가 무거운지 연신 '무거워 죽겠네'를 반복했다. 몇 걸음 걷자 등나무 벤치가 보였다. 엄마는 장바구니를 올려두고 손을 탈탈 털었다. 뭐가 들었는지 안을 뒤져보니 계란, 우유, 두부, 아보카도 그리고 쌀이 있었다.

"쌀을 들고 다니는 사람이 어디 있어요? 배달시키지. 그러니까 무겁죠."

쌀 봉지를 손가락으로 꾹 눌러봤다. 손끝으로 쌀알의 둥근 모양이 느껴졌다. 조밀하고 단단했다.

"나한테 무거운 건 다른 사람한테도 무겁지. 게다가 우리 집은 4층이잖냐. 엘리베이터도 없는."

우리 집. 너희 집이 아닌 우리 집. 그 평범한 단어가 내 심장에 콕 하고 박혀 반짝였다. 엄마는 팔을 하늘로 쭉 뻗으며 기지개를 켰다.

“너 감독님한테 눈 부라리고 나갔다며? 막 눈 이렇게 뜨고선.”

엄마는 두 손으로 양쪽 눈을 위아래로 벌렸다. 과장 심한 영은이 녀석의 짓이 분명했다.

“친권자만 그라운드에 출입할 수 있다는 공문이 내려왔대요. 너무하잖아요. 구단에 가족 지원 제도 쓰는 사람이 저뿐인데요. 차별금지법, 그런 것에 위배된다고요. 부당한 건 부당하다고 이야기해야 하잖아요.”

엄마는 당최 심각함을 못 느끼는 것 같았다. 내 말을 듣는 건지 마는 건지 장바구니에서 아보카도를 꺼내 꾹꾹 누르기만 했다.

“듣고 있어요?”

“아보카도와 함께 경청 중.”

썩 미덥지는 않았지만, 나는 말을 계속했다.

“근데, 제가 아까 담당자님한테 물어보니까 가족 지원 공무원도 법률상 친권자 자격이 있대요! 증명서만 제출하면 해결된대요. 잘됐죠? 내일 오후에 발급받아서 감독님께 바로 제출할 거예요. 저 추진력 죽이죠?”

엄마는 아보카도를 하늘 위로 높이 던졌다가 받았다. 나이스 캐치였다.

"증명서 발급받았는데?"

"언제요?"

"아까 1시쯤."

"감독님께 제출하려고요?"

"당연하지?"

"알고 있었어요? 어떻게요?"

"감독님이 연락하셨는데? 공문 내려왔으니까 증명서 제출하라고."

"언제요?"

"아까 1시쯤이라니까?"

"그걸 왜 이제 말해요!!!"

청천벽력 같은 소리에 나는 벤치에서 거의 굴러떨어질 뻔했다. 감독님은 알고 있었나 보다. 우리 엄마에게 '법률상 친권자' 자격이 있다는 사실을 말이다. 비꼬는 것도, 무관심한 것도 아니었다. 내가 성급하게 짐작했던 것이다. 큰 실수를 저질러 버렸다. 투수 생명은 이제 끝났다. 심폐소생술의 기회도 없을 거라 확신한다.

"근데 막 감독님한테 이렇게 도끼눈을 뜨고 훈계를 했겠다?"

머리를 감싸고 주저앉은 나는 이러고 있을 자격도 없다는 생각이 들어 자리에서 일어났다.

"운동장 50바퀴, 실시."

엄마는 어느새 휴대폰을 들어 스톱워치를 켜고 있었다.

"20바퀴는 오늘 못 한 기초체력 훈련, 30바퀴는 반성문 대신이야. 실시!"

나는 말없이 가방을 내려놓고 운동장을 가장 긴 둘레로 뛰기 시작했다.

"심박수 150 밑으로 떨어질 때마다 한 바퀴 추가야!"

멀리서 외치는 엄마의 크고 활기찬 목소리를 들으며 속도를 높였다. 운동화 끈은 이미 조여져 있었다.

몸으로 쓰는 반성문을 끝내고 돌아오니 엄마가 수건을 들고 서 있었다. 50바퀴는 생각보다 금방이었다. 나는 운동장 바닥에 털썩 주저앉아 숨을 가다듬었다. 1.5리터짜리 생수가 바닥에 세워져 있었다. 수건으로 땀을 닦으며 단숨에 생수 반병을 해치워 버렸다. 터질 것 같던 심장박동이 금세 잦아들었다. 조금 더 빠르게 뛰어볼걸. 격한 운동이 끝나고 가빴던 숨이 차분해질 때면 늘 드는 생각이다. 몸은 언제나 내 생각보다 강했다. 다음엔 조금 더 열심히 뛰어봐야지, 하고 또 한 번 다짐했다.

내 숨소리가 규칙적으로 바뀌자 엄마는 으쌰, 하는 추임새와 함께 장바구니를 들고 천천히 걸었다. 나도 자리에서 일어나 옷을 털었다. 바닥에 아보카도 한 개가 떨어져 있길래 주워 들고 엄마에게 달려갔다. 엄마는 어느새 교문을 나서고 있었다.

엄마와 나란히 걸으며 아까 엄마가 했던 것처럼 아보카도를 하늘로 높이 던졌다가 받았다. 두말할 것 없이 나이스 캐치였다.

“인류애. 아보카도 씨앗을 물에 담가놓으면 싹 나는 거 알아? 씨앗을 반으로 가르면서.”

“에이, 말도 안 돼. 아보카도 씨앗이 거의 아기 주먹만 하잖아요. 어떻게 물에 담근다고 갈라져요. 엄청 단단하던데. 칼로 완전 빡세게 힘줘도 못 갈라요.”

“물에 담그기만 해서 갈라지는 건 아니고.”

내 오른쪽에서 걷던 엄마는 내 어깨를 살짝 감싸 밀며 왼쪽으로 자리를 옮겼다. 차도가 가까운 쪽이었다.

“시간이라는 아주 강력한 필요조건이 있을 때만 가능하지. 이럴 때 보면 시간은 눈에 보이는 게 맞아. 모든 것을 이기는 힘.”

“쌓인 세월에 대한 경례 말하는 거죠?”

엄마는 내 쪽으로 고개를 돌려 씩 웃었다.

"윤종신 노래 좋더라고요."

나는 괜히 모자를 한 번 고쳐 썼다. 나란히 줄지은 가로등에 일제히 불이 켜졌다. 여기 가로등이 원래 이렇게 예쁜 주황색이었나.

"근데 이제 호칭 좀 바꿔주면 안 되냐? 차라리 아빠는 어때?"

"안 돼요."

"아니, 왜 하필이면 엄만데."

"엄마 어렸을 때 별명 뭐였어요?"

"나? 뭐였더라."

엄마는 하늘을 올려다봤다. 엄마는 뭔가를 생각할 때 하늘을 올려다보는구나.

"아, 엄지공주. 엄석대도 있었다."

엄마는 갑자기 걸음을 멈췄다.

"뭐야. 그래서 엄마라고?"

나는 어깨를 으쓱했다.

"이게, 진짜!"

잔뜩 코 평수를 넓히며 으름장을 놓는 엄마를 보니 하고 싶은 말이 떠올랐다.

"오믈렛은 언제 해줄 거예요?"

"오믈렛?"

"신라호텔 오믈렛요."

"에, 그게 진짜 먹고 싶었어?"

"뭐, 못 하면 말고요."

"못 하는데."

어디선가 찌르르르 풀벌레 소리가 났다. 귀뚜라미인가.

"여치네. 벌써 여치가 울어."

엄마는 부지런한 여치가 기특하다는 듯이 고개를 끄덕였다.

"해보지 뭐. 신라호텔 오믈렛."

* * *

우리 할머니 김애기 여사는 내 빨랫감을 갤 때마다 이야기했다. 길쭉길쭉한 팔다리와 큰 키는 엄마를 닮았고, 하필 쓸데없이 좋은 운동신경과 유연함은 아마도 아빠를 닮았을 거라고 말이다. 집에서 도보 3분 거리에 어린이 야구단이 있다는 이유로 시작한 야구였다. 나는 매일 야구단에 갔다. 보통 초등학생은 일주일에 세 번만 수업을 받았지만, 나는 김 여사가 감독에게 웃돈을 줬기 때문에 가능했다. 김 여사는 늘 빨갛게 통통 불은 누군가의 몸뚱어리를 밀거나 당기느라 바쁜 인기 많은 세신사였고, 나는 돌봐줄 사람이 필요한 어린이였으며, 감독은 예외 없이 돈을 좋아했다. 삼박자가 딱 맞아떨어졌다.

불행인지 다행인지 나는 야구공을 처음 만진 그 순간부터 야구를 좋아하게 됐다. 완벽하게 부드럽지도 빈틈없이 딱딱하지도 않은 공을 쥐는 느낌이, 공을 던지기 전에 주변의 소음이 사라지며 온전히 혼자가 된 것 같은 청명한 긴장감이, 던진 공이 글러브 안을 강타하며 내는 '퍽' 소리가, 그 속도와 정신이 담긴 소리가 좋았다. 내가 던진 공이 포수가 원하는 곳으로 정확하게 들어가면, 나는 마치 초능력을 부린 것처럼 신이 났다.

나는 점점 더 초능력자가 되었다. 나에게는 기쁨이었고, 김 여사에게는 슬픔이었다. 김 여사는 내가 자기 딸인 '사랑'을 쏙 빼닮기를 희망했다. 타고나게 총명했던 사랑처럼 공부의 길을 걷기를 바랐다. 사랑이 다녔던 외국의 좋은 대학교에 가길 바란다고 했다. 자신처럼 고달프게 몸으로 먹고살지 말고 우아하게 책상에 앉아서 '머리'로 먹고살아야 한다고 했다. 그 꿈 하나로 평생을 생판 모르는 남들의 빨

갖고 퉁퉁 불어 터진 몸뚱어리를 밀고 또 밀었다고 했다.

6학년쯤 됐으려나. 김 여사는 내 야구용품을 모조리 불태우고 야구부에 탈퇴서를 제출했다. 야구부로 다시 찾아가 입회서를 받아온 뒤 말없이 김 여사에게 서류를 내밀었을 때, 김 여사는 나의 머리를 빡빡 밀어버렸고 나는 일주일간 등교를 거부하며 식음을 전폐했다. 생애 첫 반항이었다. 물론 이 짧은 싸움의 승자는 당연히 나였다. 원래 싸움에는 더 사랑하는 사람이 덜 사랑하는 사람에게 질 수밖에 없다는 규칙이 숨겨져 있으므로. 더 사랑했던 게 분명한 김 여사는 다시 작성한 입회서를 구겨 들고 내 손을 잡고 걸어가며 말했다. 승부욕과 집중력은 엄마를 닮았고, 고집부리고 말 안 듣는 건 아마도 제 아빠를 닮았을 거라고. 김 여사가 채운 신청서의 글씨는 알아보기 힘들 정도로 엉망이었다. 하지만 겨우 이 정도로 김 여사의 분이 풀리지는 않았을 것이다.

나를 사랑했던 김 여사는 내가 야구에 소질이 없어서 그만두길 바라면서도 지거나 다치는 꼴은 차마 자기 눈으로 볼 자신이 없었던 것 같다. 그렇게 나의 유일한 가족이었던 김 여사는 생전에 단 한 번도 내 야구 경기를 보러 오지 않았다.

투수로서 나는 내내 탁월했다. 어렸을 때는 그 탁월함이 나에게 빛이 되어줬지만, 청소년이 되며 점점 짙은 그림자로 변모했다. 나는 늘 다른 친구들이 부러웠다. 경기가 끝나고 그라운드에 내려가면 엄마가 팔 벌리고 기다리고 있는 친구들이 참을 수 없이 부러웠다. 모든 엄마가 다정하지는 않았다. 오히려 다정하지 않은 엄마들이 더 많았다. 엄마들은 당연하다는 듯이 친구들의 경기 내용을 질책하며 혼을 냈다. 하지만 나는 그 당연함이 부러웠다. 당연히 옆에 있어주는 존재. 잘했을 때는 잘했다고, 못했을 때는 못했다고 같이 좋아하고 같이 속상해하는 당연한 존재가 필요했다. 점점 더 필요해졌다. 야구를 잘하는 게 더 이상 신나지 않는다는 사실을 깨달았을 때, 나는 엄마를 계약하기로 마음을 굳혔다.

남성을 일부러 엄마로 선택한 게 아니다. 엄마로 선택한 엄만호가 어쩌다 보니 남성이었을 뿐이다.

아침에 일어나 젖은 머리카락을 수건으로 털며 주방으로 향했다. 엄마 방에서 장롱을 여닫는 소리가 들렸다. 주방의 작은 창을 통과한 햇빛이 식탁까지 번져 있었다. 엄마가 만들어준 서니 사이드 업의 태양과 같은 색이었다. 창 쪽으로 고개를 돌리다가 이전에는 본 적 없는 자그마한 물체가

창틀에 올라와 있는 걸 발견했다. 아보카도 씨앗이 물 담긴 소주잔 속에서 반신욕을 하고 있었다. 시간의 힘을 보여주려고 엄마가 만들어놓은 것이 분명했다. 김 여사가 늘 만병통치약이라고 칭했던 초록 병의 짝꿍, 소주잔의 신분이 상승한 느낌이었다. 접시 한쪽에는 후추와 올리브유를 뿌린 아보카도가 가지런히 놓여 있었다.

“인류애, 다리미판 쓰고 어디다 놨어?”

엄마가 고개를 빼꼼 내밀었다.

“어디에 뒀더라? 기억이 잘 안 나는데요?”

엄마는 나를 보며 코 평수를 넓히고는 내 방으로 저벅저벅 들어갔다.

“아니, 다리미 제자리에 돌려둘 때 다리미판도 같이 갖다두지 않나? 일반적으로다가?”

“다리미 쓰는 사람 마음이죠. 어차피 엄마는 다리미 안 쓰시잖아요.”

아보카도는 포크로 쉽게 잘렸다. 잘 익은 아보카도에서 아침 이슬을 맞은 풀 향기가 났다.

“내가 다리미를 왜 안 써? 나 지금 다리미 쓸 건데?”

“엄마가 다릴 게 뭐가 있어요. 아, 팬티? 재벌 회장님들은 팬티도 다려 입는다고 듣긴 했어요.”

"언변이 아주 수려하네. 넌 진로를 다시 한번 진지하게 생각해 볼 필요가 있겠어."

방으로 들어간 엄마가 다리미판을 펴는 소리가 들렸다. 서둘러 접시를 비우고 방 문틈 사이로 엄마를 힐끔 훔쳐봤다. 엄마는 웅크린 자세로 무언가를 다림질하고 있었다. 자세히 보니 놀랍게도, 하얀 와이셔츠였다.

"엄마, 셔츠도 있었어요? 아니, 다림질은 왜 이렇게 잘해요?"

"군대 갔다 오면 다 이렇게 돼. 선택의 여지가 없어."

다림질 경력 10년 차의 냉정한 평가 기준으로 보더라도 99점이었다. 1점을 뺀 건 다림질 경력 10년 차의 질투심이라고나 할까. 잘 다려진 셔츠는 마치 갓 나온 따끈하고 파삭한 식빵 같았다.

"다림질은 힘으로 하는 게 아니야. 다리미의 앞부분을 살짝 들어서 밀어내듯이 해야 한다고. 이 정도면 거의 예술이라고 볼 수 있지."

나는 소매 끝부분에 물을 뿌리는 엄마의 장인 같은 모습을 한참 넋을 놓고 쳐다봤다.

"뭘 그렇게 쳐다봐. 빤스 다려줘?"

따끈하게 다려진 팬티를 입는 장면이 머릿속에 잠깐 스

쳐 지나갔다.

"그거 입고 어디 가려고요?"

"풍향고 야구부. 증명서 제출하라며?"

"그거 PDF 파일로 받을 수 있던데요? 파일로 받아서 보내면 돼요."

어휴, 이 아날로그적인 어르신을 어디서부터 가르쳐야 하나. 엄마는 옷걸이에 셔츠를 조심스럽게 건 뒤 자리에서 일어나더니, 세탁소 비닐도 벗기지 않은 정장을 꺼내 방문 손잡이에 걸었다.

"진짜 이거 입고 학교 가려고요? 굳이? 진심으로?"

"너 안 늦었냐? 되게 여유로운가 보다."

엄마는 주방으로 걸어가 식탁 의자에 앉아 물을 따라 마셨다.

"그냥 카톡으로 해요. 뭐 하러 찾아가기까지 해요? 귀찮게."

"카톡으로는 안 돼. '얼톡' 해야지."

"'얼톡'이 뭐예요."

"얼굴 보고 토킹. 감이 딱 오지 않냐?"

"지금 지어낸 거죠?"

"응. 상당하지?"

얼굴 보고 토킹이니까 '얼톡'이라니. 참으로 얼토당토않은 토킹이 아닐 수 없었다.

"네, 상당히 놀라운 창의력이네요. 근데, 카톡이나 얼톡이나 어차피 할 말은 같잖아요. 뭐가 달라요?"

"할 말은 같아도 차원이 다르지."

"무슨 차원이요?"

"토크라고 다 같은 토크가 아니다, 이 말씀입니다. 서로 바라보는 표정까지 포함한 게 토크라고. 눈과 입, 주름, 인류애 네 오른쪽 귀 옆에 있는 눈사람 모양 점까지 다 포함해서 토크라고요."

뭐라는 거야? 당최 알아들을 수 없는 이야기였다. 나는 미간의 주름이 점점 짙어지는 것을 느꼈다.

"중요한 내용일수록 얼굴을 보면서 해야지. 우린 사람이잖아. 짜샤."

엄마는 평온하게 벽시계를 손가락으로 가리켰다. 집합 시간 15분 전. 한가하게 '얼톡'을 논할 시간이 아니었다.

엄마와 나는 감독실 앞에 서 있었다. 때 빼고 광낸 것까지는 아니지만 꽤 번듯한 옷차림을 한 엄마는 매우 그럴싸해 보였다. 뭐가 그럴싸한지는 설명하기 좀 어렵다. 그냥 뭘

한대도 그럴싸해 보인다고나 할까.

“사과 정중하게 드리고.”

엄마는 제법 엄한 표정을 지어 보였다.

“사과는 평소에도 정중히 잘하거든요?”

“이게 진짜 한마디를 안 져.”

내 이마에 시원하게 딱밤을 한 대 때린 엄마는 조용히 나를 봤다.

“사과하러 갔을 때는 사과만 하는 거야. 시작도 사과, 끝도 사과. 알겠지?”

나는 입술을 삐죽거렸다. 손가락이 쇠순가락이라도 되는지 아파서 눈물이 찔끔 날 정도였다. 그때 등 뒤에서 코치님이 나타났다.

“자, 들어가실까요? 어이, 최민찬. 너 깽판 놨다며?”

코치님이 결재판으로 내 어깨를 툭 치며 지나갔다. 그 정도는 아닌데, 하며 중얼거리는 소리를 들으셨으려나. 코치님이 감독실 문에 노크했지만 큰 소리로 몇 번을 두드려도 대답이 없었다. 코치님은 ‘원래 잘 못 들으세요’라고 말하며 벌컥 문을 열었다.

감독님은 한쪽 손으로 얼굴을 받친 채 모니터를 뚫어지게 쳐다보고 있었다. 초점이 잘 안 맞는지 가자미눈을 뜨고선 말이다. 흘러나오는 소리를 들어보니 다음 시합 상대인 경민상고의 경기 영상인 것 같았다. 야구밖에 모르는 야구쟁이다웠다. 코치님이 이야기 나누시라며 문을 닫고 나가자 엄마가 내 옆구리를 팔꿈치로 꾹 눌렀다. 나는 한숨을 작게 폭 내쉬었다. 일단 몸을 폴더처럼 접었다. 그리고 크게 외쳤다.

"죄송합니다, 감독님. 죽을죄를 지었습니다. 다신 안 그러겠습니다. 용서해 주십쇼!"

모니터 소리가 꺼지고 의자 끌리는 소리가 들리더니 감독님이 일어나 걸어왔다. 커다랗고 어두운 그림자가 다가오며 굽힌 목뒤가 서늘해졌다.

"죄송합니다, 감독님. 무슨 벌이든 달게 받겠습니다."

"뭘 잘못했는데."

평소보다 한층 낮은 감독님의 목소리에 식은땀이 흘렀다. 예상 문제였지만 막상 출제되니 말문이 막혔다.

"하나! 학생답지 못했습니다. 둘! 팀 분위기를 해치는 행동을 했습니다. 셋! 감독님을 믿지 못했……"

"됐고. 몇 바퀴 뛸래."

"50바퀴 뛰겠습니다!"

연속 이틀 50바퀴는 쉽지 않겠지만 감독님을 믿지 못한 자신에게 내리는 벌이었다. 보통 규칙을 어긴 선수들은 운동장 30바퀴를 처벌로 받곤 했으니까, 이 정도면 감독님도 만족할 만한 대답이라고 판단했다.

"50 받고 20 더. 가봐."

나는 깜짝 놀라 고개를 들었다. 감독님은 쳐다보지도 않고 나가보라며 손짓했다. 입술을 씰룩거리는 모양새가 어째 신이 나신 것 같기도 한데……. 나는 최대한 불쌍한 표정으로 엄마를 쳐다봤지만, 엄마는 입 모양으로 '뭐'라고 말하며 일부러 어리둥절한 표정을 지어 보였다. 당최 누구 편인지 모르겠다. 내 편 들어주려고 온 거 아닌가?

"오리걸음으로 갈래? 그래, 그게 좋겠다. 강 코치!"

밖에 있던 코치님이 문을 여는 소리가 들렸다. 당황한 나는 '아닙니다! 70바퀴 뛰고 오겠습니다!' 외친 뒤 코치님을 문밖으로 밀어내고 문을 닫아버렸다.

"아, 70바퀴는 너무하잖아요."

나는 복도에서 뒹구는 지우개를 괜히 발로 퉁 찼다.

"감독님이 너 불이익 안 받게 하려고 엄청 노력하신 거야, 인마. 너 지환희랑 앙숙이냐?"

생각지도 못한 말에 자연스럽게 걸음이 멈췄다.

"지환희? 갑자기 지환희는 왜요?"

"지환희 외할아버지가 우리 학교 이사장님이랑 초중고 동문이래. 고향도 같고. 지환희 엄마가 고교 야구계 꽉 잡고 있는 건 알지?"

나는 가만히 고개를 끄덕였다.

"지환희 엄마가 우리 이사장님을 찾아갔대. 풍향고에 외부인이 많이 들어와서 학생 야구 분위기 망친다는 소문이 많다고. 조심시키라고."

"지환희 엄마가 왜요?"

코치님은 어깨를 으쓱했다.

"그러면서 특히 너희 어머니가 좀 별나신 것 같다고 말했나 보더라고."

"우리 엄마가 어때서요?"

"그냥, 좀. 너희 어머니가 덩치도 아주 좋으시고. 우람하시고. 건들건들 걸으시고."

"양아치 같다고요?"

"양아치라기보단……."

코치님은 내 귀에 대고 소곤댔다.

"깍두기."

"깍두기?"

"에이. 못 알아듣네. 그럼 됐어."

"뭐, 저도 대충 느낌 왔어요. 그래서 감독님이 우리 엄마 깍두기 아니고 걸절이라고 이야기하셨어요?"

"이사장님이 감독님 불러서 외부인, 그니까 너희 어머니 출입 금지시키라고 하셨는데, 감독님이 못 한다고 했대. 원칙에 없고, KBSA에서 내린 공문도 아니라고. 감독님 완전 똥고집이잖냐."

아주 흥미진진한 이야기였다. 내 얘기가 아니었다면 팝콘을 꺼냈을지도 모를 일이었다.

"그래서요?"

"그래서는 뭐. 지환희 어머니가 KBSA에 청원 넣어서 각 학교 야구단으로 공문 내려왔지. 친권자만 그라운드 출입 가능하다고. 감독님이 원하던 대로."

그라운드에 도착하자마자 마운드를 먼저 눈에 넣었다. 하루 사이에 흙이 더 높아진 것 같기도 했다. 선배들이 한 명씩 들어오며 내 머리를 손바닥으로 툭툭 쳤다. 돌아온 탕아를 환영한다는 듯.

"감독님은 처음부터 너희 엄마가 친권자 자격이 있다는 걸 알고 계셨대."

"어떻게요?"

가방을 내려놓던 나는 깜짝 놀라 되물었다.

"감독님 누나분이 엄청 유명한 가족 지원 공무원이래. 나도 이번에 알았어. 고3 전문으로 유명하다더라고."

구청에서 처음 엄마를 만난 날 공무원이 했던 말이 떠올랐다. 가족 지원 센터장이 관리한다던 17년 차 고3 전문 양 선생님. 조각 난 퍼즐이 맞춰지는 것 같았다.

"근데, 혹시 너희 어머니 예전에 야구하시지 않았냐? 되게 낯이 익거든."

나는 고개를 빠르게 다섯 번 정도 휘저었다. 어림 반 푼어치도 없는 소리였으니까.

"야구공이 동그랗다고 싫어하는 사람이에요."

"무슨 이유가 그래?"

"그냥 싫은 거래요."

"싫은 사람치고는 공을 너무 능숙하게 다루시던데……."

나는 다리를 앞뒤로 벌리고 런지 자세를 취하며 준비 운동을 시작했다. 70바퀴를 뛰기 전에 하는 준비운동이라 사뭇 비장한 느낌도 들었다.

"아유, 우리 민찬이 오랜만!"

하늘이네 엄마인 연두 씨였다. 우리 엄마식 말투로 표현하자면 인류애가 넘치는 분. 내게 당신의 피와 살을 나눠 주신 분.

"안녕하세요, 아줌마. 근데, 지난주에도 간식 당번이라 오셔서 뵀던 것 같은데."

"일주일이면 엄청 오랜만이지. 옛날엔 매일 봤는데."

코치님도 연두 씨에게 다가와서 꾸벅 인사했다.

"매니저 어머님, 어쩐 일이세요. 오늘 당번 아니시잖아요."

"감독님이 부르셨어요."

연두 씨가 양손을 예쁘게 모으고 말했다.

"간식 총무 후배 생긴다면서요? 이거 보통 번거로운 일이 아닌데 말이죠. 에이, 그래도 그분이라면 할 수 있죠. 그 정도 엄마라면 충분히 해내실 것 같아요. 그냥 만들어진 풍채가 아닌 것 같던데."

나랑 코치님은 동시에 "누구?"라고 물었다.

"마침 저기 오시네요! 아주 그럴싸하시죠?"

연두 씨가 싱글벙글 웃으며 가리킨 쪽을 바라본 나는 내 눈을 의심할 수밖에 없었다. 특별히 오늘 너무나 그럴싸한 사람, 칼주름 잡힌 정장을 입은 우리 엄마가 곱디고운 꽃분홍색 고무장갑을 끼고 걸어오고 있었다. 한 손엔 들통, 한 손엔 안성탕면과 계란 한 판을 들고, 뚜벅뚜벅.

* * *

깡.

“아따, 최민찬. 방망이 한번 살벌하네.”

“런지로 홈런 치겠어!”

오늘 야간 훈련은 타격 집중 훈련, 그중에서도 런지 타격 훈련이다. 뒷다리의 무릎을 땅에 붙일 듯이 자세를 무너트리면서 공을 치는 훈련인데, 요즘 나처럼 타격감이 한껏 올라온 선수에게 이 훈련은 그리 쓸모가 없다. 보시다시피 쳤다 하면 홈런인데? 내가 봐도 좀 재수가 없긴 하지만, 스포츠는 멘털 싸움이다. 내가 나를 믿어야 한다. 기세를 탔으면 의심하지 않아야 한다.

다시 한번,

깡.

“쭉쭉 뻗네, 쭉쭉 뻗어.”

포물선을 그리며 날아가는 공을 보며 코치님이 고개를 끄덕거렸다.

“다음, 영은이.”

타석을 나서다가 대기하고 있던 영은이와 손바닥을 마주쳤다.

“여어, 기죽어서 어디 치겠냐.”

“엄살은.”

한껏 삐죽거렸지만 사실 한 방은 나보다 본인에게 있다는 것을 영은이도 알고 있을 것이다. 타석에 들어서던 영은이가 그라운드 저 너머를 가리켰다.

“민찬아, 엄마 오신다.”

“오늘 엄마 오는 날 아닌데?”

고개를 갸웃거리며 벤치에 앉는데 누군가 목덜미에 얼음장처럼 차가운 음료를 갖다 댔다.

“앗, 차가워! 김하늘, 너!”

“오늘 대기권 뚫었다면서? 가서 꿰매고 와야지.”

하늘이가 들고 있던 이온 음료를 내 손에 쥐여주고 엄마에게 뛰어갔다. 눈을 반달처럼 접고 해사하게 웃으며 말이다. 나뭇잎 먹는 쿼카처럼 귀엽게.

“어머님! 오늘 당번 아니시잖아요? 또 땜빵?”

하늘이는 초롱초롱한 눈으로 엄마가 들고 온 장바구니를 뒤졌다.

“그래, 땜빵이다. 대체 뭔 놈의 회사들이 이렇게 야근을 밥 먹듯이 시켜? 사정을 봐주면서 시켜야 하는 거 아니냐고. 애 키우는 엄마들은 어떡하라는 거냐고. 집에 제때제때

보내야 하는 거 아니냐고. 출산율 올려야 된다고 난리 치는 공무원들, 지들이 엄마 해봤냐고! 돌아가면서 한 달씩 엄마 체험 시켜야 한다고 봐, 응? 내 말이 틀려?"

툴툴대며 장바구니에서 모닝빵 봉지를 꺼내는 엄마 옆에 하늘이가 쪼그리고 앉았다. 나는 힐끔거리며 둘을 쳐다봤다. 엄마는 김치 세 포기는 거뜬히 담을 만큼 큰 통의 뚜껑을 열었다. 그리고 모닝빵 하나를 꺼내 들고는 반을 갈라 마요네즈를 섞은 계란 감자샐러드를 듬뿍 넣은 후 하늘이에게 건넸다. 어느새 타격 훈련을 마무리한 다른 부원들도 엄마 주변으로 모여들었다.

"자, 자. 배고픈 고딩 좀비 떼들! 민찬 어머님의 오른쪽으로 나란히 줄을 서주세요. 오늘의 간식 메뉴는 계란 감자 샐러드 빵입니다."

매니저의 안내에 따라 부원들이 질서 정연하게 줄을 섰다.

"인당 두 개씩!"

땀을 삐질삐질 흘리며 글러브처럼 두껍고 커다란 손으로 모닝빵을 가르고 속을 채우는 엄마를 지켜보던 나는 줄을 이탈해 슬쩍 엄마 옆에 섰다. 녹진하고 고소한 냄새가 났다. 나는 모닝빵을 빵칼로 말끔하게 갈라 엄마에게 건넸다. 스윽, 자르고 척, 올리고. 스윽, 척. 스윽, 척. 호흡을 여러 번 맞춰본 듀오 같았다.

“인당 두 개를 누구 코에 붙여요! 무럭무럭 자라나는 청소년한테 너무한 거 아닌가요!”

“아, 어머님 통도 작으시네!”

투덜대면서도 다들 즐거워 보였다. 어느새 감독님과 코치님도 줄에 합류했다. 엄마가 간식 총무를 맡고 나서 야구부 분위기에 감칠맛이 돌았다. 남들 몰래 고향의 맛 한 꼬집을 뿌린 느낌이랄까. 내내 비어 있던 귀퉁이에 작은 조각이 딱 들어맞은 느낌이랄까. 치열하고 뜨겁기만 한 공간에 불어오는 상쾌한 편백나무 숲 바람 같달까. 엄마는 그런 사람이었다.

“민찬 어머님, 이따가 투수 애들 훈련 도와주시는 거 아시죠?”

감독님이 양손에 빵을 들고 엄마 옆을 지나가며 말했다. 지난번 감독님과 대화를 나눈 이후 엄마는 가끔 투수조 훈련에 도우미로 투입되곤 했다. 엄마 말로는 훈련 중에 힘쓰는 일만 약간 도와주기로 했다고 하는데, 어째 재미가 붙은 모양이었다. 요즘은 집에서 시간이 날 때마다 투수 훈련 영상을 보며 뭔가 끄적거리거나 수건을 휘두르며 연습하곤 했다. 야구라면 치를 떨던 엄마가 어쩌다 야구 훈련 도우미까지 하게 됐는지, 숨겨진 과거라도 있는 게 아닐까 의심이 될 정도로 푹 빠진 모습이었다. 혹시 감독님과 모종의 거래가 오간 건 아닌지…… 여기까지 생각했을 때 누군가 외치는 소리가 들렸다.

"민찬이 어머님, 내일은 라면 해주세요. 전 어머님이 해주시는 계란라면이 제일 맛있더라고요."

3학년 선배의 말에 다들 크게 호응했다.

"내일은 나 진짜 안 와. 내일은 영은이네 엄마 차례야."

엄마가 허리춤에 손을 올리며 단호하게 말했다.

"영은아, 엄마 내일 야근 안 하시냐?"

"제가 책임지고 엄마 야근하시도록 하겠습니다!"

코치님의 물음에 영은이가 한껏 비장한 목소리로 대답했다. 엄마는 골치가 아프다는 듯이 관자놀이를 누르며 고개를 저었다.

"근데, 민찬이 어머님."

엄마가 해탈한 표정으로 영은이를 바라봤다.

"이제 슬슬 아줌마라고 불러도 될까요?"

"이것들이 진짜!"

벚꽃이 떨어지는 계절, 웃음도 팝콘처럼 터질 수 있다는 것을 배운 열일곱의 5월이었다.

마무리 훈련까지 마치고 아드레날린이 머리 꼭대기까지 바짝 차오른 나는 왠지 아쉬운 마음에 영은이를 불렀다.

"마누라, 농구 한 판 더 때리고 갈래? 내일 쉬는 시간 매점 빵. 딱 20점 내기! 콜?"

"다음에. 매니저 오늘 집에 혼자 간대."

하늘이가 민트초코 우유를 빨대로 쪽쪽 빨며 라커 룸에서 나왔다. 영은이의 눈이 순식간에 반짝였다.

"매니저, 민초파야? 민초 우유는 또 처음 보네."

참나, '민초파'라니. 그런 단어는 손도 발도 오그라든다고 입 밖으로 꺼내지도 않으면서.

"민초파는 아닌데 민트를 엄청 좋아하지!"

하늘이가 먹던 우유를 내 쪽으로 내밀며 '진짜 민초 아이스크림 맛이야'라고 말했다. 얘는 아직도 내가 자기랑 우유 나눠 먹던 세 살배기 아기인 줄 아나? 마음속으로 툴툴거리며 빨대를 물고 우유를 쪽 빨았다.

"매니저, 나도 먹어봐도 돼?"

하늘이가 웃으며 다가오는 영은이에게 우유를 건네며 다른 손으로 빨대를 빼서 챙겨 들었다. 아, 아까 불평한 거 취소. 왠지 입가가 씰룩거렸다.

하늘이는 영은이가 건네는 우유에 다시 빨대를 꽂아 깊

게 쪽 빨았다. 볼이 쏙 들어갔다가 이내 통통해졌다. 아기 복어처럼 귀엽게.

"아, 날씨 끝내주게 좋다. 바람도 살랑 불고 꽃향기도 나는 것 같고. 갑자기 연두 씨 보고 싶네. 얼른 집에 뛰어 가야겠다. 쭈, 아니, 인류애! 나 간다!"

하늘이가 내 팔에 동그란 주먹으로 펀치를 날리고 뒤를 돌아 뛰어갔다.

"매니저, 나도 너희 집 쪽으로 가는데 자전거 태워줄까?"

"오예! 개이득."

영은이가 서둘러 하늘이 옆으로 달려갔다. 하늘이가 신난다는 듯 콩 뛰어올랐다.

"상당히 귀엽네."

어느새 엄마가 더그아웃 기둥에 팔짱을 끼고 기대 있었다. 내 속마음을 읽었나. 그나저나 하늘이와 나란히 걷는 영은이를 보니 기분이 영……

"좀 씁쓸할 텐데."

엄마가 나를 힐끔 쳐다보며 말했다. 아무래도 내 속마음을 못 읽었나 보다. 지금 필요한 부사는 '좀'이 아니라 '상당히'였다.

4.

모두의 애니

하늘이는 풍향고 역사상 첫 매니저였으며 마지막 매니저가 될 확률이 높았다. 입시가 최우선인 대한민국 고등학생 중에 생활기록부에 남지도 않으면서 공부 시간만 빼앗는 '야구부 매니저'란 역할을 하고 싶어 하는 학생은 많지 않았다. 만약 있다고 해도 그 무용한 시간을 허락하는 부모님은 더더욱 없을 것이었다. 모집 공고도 내지 않은 '야구부 매니저'를 하게 해달라며 찾아온 하늘이에게 감독님은 이해가 안 된다는 표정으로 고개를 삐딱하게 치켜들며 이유를 물었다고 한다. 대학 안 갈 거냐고, 부모님 허락은 받고 왔냐고, 나중에 후회할 거라는 말도 덧붙였다고 한다. 마냥 여리고 순한 아기 사슴 같은 하늘이가 감독님은 미덥지 않고 귀찮았을 것이다. 그러나 하늘이는 목을 가다듬고 감독님을 향해 우렁차게 외쳤단다.

"뭐라고 외쳤는데?"

"일구이무! 인생은 속도가 아니고 방향이다! 좌절은 잠시지만 기록은 영원하다!"

"오, 야구인들한테 잘 먹히는 클래식이네. 짜식. 내가 잘 키웠네."

하늘이는 진지한 눈빛으로 사실 더 있지, 하며 덧붙였다.

"풍향고 초대 매니저이자 마지막 매니저로 기록되고 싶습니다. 절대 후회하지 않습니다! 그리고, 참고로!"

나는 하늘이를 흥미롭게 쳐다보며 다음 문장을 기다렸다. 하늘이는 활짝 웃으며 말을 맺었다.

"저 공부 잘해요, 그것도 엄청."

"영은이가 쭈쭈친구 좋아하나 본데?"

나는 무심하게 왼쪽 어깨를 두어 번 돌렸다. 산책하는 사람들이 평소보다 많았다. 저녁에 걷기 좋은 계절이었다.

"아마 하늘이 빼고 온 세상이 다 알걸요."

하품을 얼마나 크게 했는지 반쯤 감긴 엄마의 눈에 눈물이 맺혀 있었다.

"3학년 유격수, 그 친구도 매니저 좋아하는 것 같던데? 일루수도. 아, 2학년 우투수도 느낌 오더라. 매니저만 등장하면 볼 스피드가 10킬로미터는 더 나오는 듯?"

놀랄 만한 일은 아니었다. 하늘이는 세 살 때부터 지금까지 한결같았다. 모두가 하늘이를 좋아했다. 강아지도, 고양이도, 심지어 앵무새마저도. 나는 늘 하늘이의 인기가 기특했고 종종 그 애의 하나뿐인 단짝 친구라는 사실이 뿌듯했다. 맞다. 하늘이는 한결같았다. 변한 건 나였다.

"참 투명하고 맑아. 게다가 속에 들어 있는 것도 가지런하단 말이야. 안심되게."

엄마는 텅 빈 장바구니를 가지런히 접으며 말했다.

"더불어 귀엽기까지 하고."

반응을 살피려는 듯 나를 돌아보는 엄마의 시선을 의식하지 않으려고 부러 먼 곳을 응시했다.

"그런가, 잘 모르겠는데."

"진짜 모르는 거야, 모르는 척하는 거야, 몰라야 하는 거야?"

어느 순간 알게 됐고, 모르는 척하고 있었지만, 영은이의 마음을 알게 된 이상 몰라야 하게 됐다. 몰라야 한다고!

엄마는 내 속도 모르고.

"너무 어렸을 때부터 봐서 그냥 동생 같아요. 잘 묻히고, 잘 흘리고, 잘 넘어지고……. 아마 지금도 영은이 자전거 뒤에 올라타다 넘어졌을걸요?"

돌부처 최민찬의 특기인 평정심을 최대한 발휘하며 태연하게 대답했다.

"그 동생이 풍향고 대다수 남학생의 첫사랑이라는 사실에 대해 어떻게 생각하십니까, '김'하늘 양의 오빠, '최'민찬 군?"

엄마는 주먹을 마이크처럼 쥐고 내 앞에 갖다 댔다. 시합에 완패하고 내려온 패전 투수에게 '지금 심경이 어떻습니까'라고 묻는 리포터처럼 얄미웠다. 머릿속으로 하늘이가 둥실 떠올랐다. 나를 발견하면 손을 번쩍 들고 크게 흔들며 웃는 하늘이. 무해하고 따뜻한 볕처럼 웃는 하늘이. 상상 속 하늘이가 팔랑팔랑 뛰어 내 시야에서 멀어졌다. 나는 하늘이가 완전히 사라질 때까지 뒷모습을 놓치지 않으려고 물끄러미 쳐다봤다. 짧은 한숨이 터져 나왔다.

"독립시킬 때가 된 거죠, 뭐."

엄마는 걸음을 멈추더니 그 단단한 종아리로 내 허벅지 뒤쪽을 강타했다. 아니, 강타했다는 표현은 너무 얌전하다.

지금은 '갈겼다'라는 표현을 쓰는 게 더 적합할 것 같다.

"아야! 왜 때려요! 아 씨, 겁나 아프네. 맥락도 없이 갑자기 뭐예요!"

"치킨 먹을래?"

"에? 갑자기?"

허벅지를 양손으로 마구 비벼대는 나를 두고 엄마는 횡단보도로 향했다. 건너편에 마늘 통닭으로 유명한 치킨 가게가 있었다. 엄마를 쫄래쫄래 뒤쫓으며 이전부터 궁금했던 것을 물었다.

"근데 엄마, 혹시 예전에 야구했어요?"

"궁금하냐? 편의점 가서 민초 우유나 사 와, 짜샤."

마침 기다렸다는 듯 파란불이 켜졌고 우리는 맞은편을 향해서 천천히 뛰기 시작했다.

* * *

내가 좋아하는 사람이 나만의 사람이 될 수 없다는 고독함. 그 깊은 고독에 빠져 허우적대던 또 한 명의 소년이 있었으니, 바로 엄만호였다.

학창 시절 애니는 반짝거렸다. 구체적으로 어떻게 반짝였냐고 묻는다면, 대답하기가 힘들었다. 애니를 표현할 수 있는 단어는 세상에 존재하지 않았다. 애니는 그냥 **애니** 그 자체였다. 애니의 진짜 이름은 애니가 아니었지만, 엄만호는 애니의 이름을 부를 수 없었다. 너무 예뻐서, 부르면 그 이름이 망가질까 봐.

애니는 뭔가 달랐다. 교복 치마는 교칙대로 무릎까지 오는 길이로 입었고, 가슴까지 내려오는 머리카락은 늘 귀 뒤로 단정하게 넘겼다. 고데기로 웨이브를 넣는다거나 얇은 교복 셔츠 안에 보란 듯이 색이 진한 속옷을 입지 않았다. 실내화를 구겨 신지도 않았다. 애니는 조곤조곤 말하고 맑게 웃었다. 누구에게나 친절했고 그 누구도 함부로 대하지 않았다. 소리 없이 먹고 소리 없이 걸었다. 고상하고 기품이 있었다.

빛나는 사람의 숙명이 그렇듯, 애니는 늘 소문의 중심에 있었다. 전과자의 오토바이에 타고서 달리는 걸 봤다는 애도 있었고, 불량한 아이들과 술을 마시고 담배를 피운다는 소문도 있었다. 하지만 뒤에서 수군거리던 애들도 애니 앞에서는 언제 그랬냐는 듯 침묵했다. 애니는 학생과 선생 모두를 침묵하게 만드는 또 다른 권력을 가지고 있었다. 애니는 전교 1등이었다.

그 시절 애니는 '모두의 애니'였다. 남학생들은 애니가 그랬다면 응당한 이유가 있었을 것이라고 믿었다. 소문 속 애니를 짐작하는 쪽보다 눈앞의 애니를 선망하는 쪽이 더 쉬웠고 옳게 느껴졌다. 그러나 신기하게도 애니와 학교 밖에서 빵 한 조각을 나눠 먹었다거나 대화를 해봤다는 애들은 한 명도 없었다. '모두의 애니'는 학교에만 존재할 뿐 학교 밖에서는 '누구에게도 없는 애니'가 되었다.

여학생 중에 애니가 있었다면, 남학생 중에는 야구부 4번 타자 최동우가 있었다. 최동우는 그 시절 한창 유행했던 '꽃미남'의 정석이었다. 순정 만화에서 튀어나온 것 같은 고운 얼굴에 훤칠한 키는 이목을 끌기 충분했다. 게다가 최동우에게는 다른 애들이 함부로 흉내 낼 수 없는 매력이 있었으니, 그것은 바로 유니폼을 입어도 숨길 수 없는 부티였다. 필통이나 물병에서도, 하다못해 물티슈나 팬티 고무줄에서도 묻어 나오는 부티. 그 부티와 맞물린 자신감으로 최동우는 모두를 압도했다.

최동우는 같은 학년의 좌완투수와 함께 차세대 야구계를 이끌어 갈 루키로 손꼽혔다. 만년 2등이었던 야구부가 봉황대기 우승컵을 차지한 결승전에서 최동우는 홈런을 세 개나 쳤다. 거포형 꽃미남 타자의 얼굴은 각종 매스컴을 타고 금방 유명해졌다. 그러나 경기의 끝이 보일 때까지 마운드를 지키며 열네 명의 타자를 삼진으로 돌려세우고, 단 한 점도 허용하지 않은 채 경기를 승리로 이끌어 그해 봉황대기 MVP를 받은 투수의 존재에 대해 아는 사람은 그리 많지 않았다.

엄만호는 야구만 했다. 야구 말고는 하고 싶은 게 없었고 야구가 삶의 전부였다. 하지만 주목받고 싶지는 않았다. 주목은 엄만호의 엄마를 세상 밖으로 끄집어낼 것이고, 결국 엄만호에게서 야구를 앗아갈 것이라고 확신했다. 엄만호는 최동우 뒤에 철저하게 숨었다. 모든 공을 최동우에게 떠넘겼다. 자신에게 돌아올지도 모르는 관심을 최동우가 싹싹 긁어 가져가 주기를 바랐다. 다행히 최동우의 스타성과 타고난 허세는 엄만호를 가리기에 충분했다.

엄만호는 최동우가 타석에 들어설 때면 늘 뭔가를 끊임없이 확인하며 불안해하는 것을 알고 있었다. 부모의 욕망대로 투수가 되지 못하고 결국 타자가 된 자신, 그리고 매 타석 자신을 지켜보는 부모의 살기 어린 눈빛. 최동우는 중심을 잡지 못하고 흔들렸다. 결승전에서 세 개의 홈런을 쳤지만, 3할을 넘기지 못하는 타율과 2할을 넘기지 못하는 출루율에 압박당하는 스스로가 한심해 오히려 목소리를 높이고 고개를 빳빳하게 세우곤 한다는 것을 엄만호는 알고 있었다.

엄만호는 교실 안에 있을 때는 야구 모자를 깊게 눌러 쓰고 엎드려 있었다. 자신에게서 풍기는 불우한 냄새를 누구에게도 들키지 않고 학창 시절을 마무리하고 싶었다.

아버지란 사람은 엄만호가 세 살 무렵 술 먹고 길에서 객사했다고 했다. 보고 싶은 마음은 없었고 딱히 원망도 없었다. 어머니란 사람은 늘 뭔가에 미쳐 있었다. 보통은 술에, 가끔은 노름에, 최악일 땐 둘 다에. 그런 시기가 오면 엄만호는 집에 들어가지 못했다. 뭔지는 몰라도 집 안에서 벌어지는 수상하고 꽤 높은 확률로 불법일지 모르는 일이 종료될 때까지 집 밖에서 생각했다. 과연 엄마가 술과 노름 중 무엇에 빠지는 게 자신에게 더 나은 삶인지. 엄마가 있는 것과 없는 것 중 어떤 것이 자신에게 더 나은 삶인지. 결국 엄만호는 그런 생각들을 삼켜버리고는 중얼거렸다.

"등신."

엄마가 노름에 미쳐 있는 시기가 돌아온 어느 날, 집 앞 담장에 기대어 발밑을 쳐다보고 있는 엄만호 앞에 애니가 나타났다. 하늘에서 떨어진 천사처럼 소리 없이.

"너 여기서 뭐 해?"

고개를 들자 애니가 서 있었다. 엄만호는 주변에 다른 사람이 있는지 둘러봤다. 엄만호는 애니를 알지만 애니는 엄만호를 몰라야 했다.

"어딜 보는 거야? 너 부른 거야, 엄만호."

애니가 엄만호의 유니폼에 손을 가져다 대자 엄만호는 움찔 놀라며 한 걸음 옆으로 비켜났다.

"뭘 그렇게 놀라? 여기 먼지."

놀라는 엄만호를 보고 웃은 애니가 어깨 위의 먼지를 떼어 내서 후, 하고 불었다. 엄만호는 날아가는 먼지를 바라보다가 이내 눈길을 떨궜다.

"너 여기 서 있는 거 자주 봤어. 이 길목이 우리 집 가는 지름길이거든."

애니는 책가방을 내려 몸 앞쪽으로 아기띠 메듯이 돌려 멨다.

"너는 나 못 봤어?"

엄만호는 고개를 저었다.

"하긴, 난 거의 스쿠터 타고 지나갔거든. 우리 동네 방앗간 사장님 스쿠터인데 어렸을 때부터 쌀보다 내가 더 자주 실려 다녔어. 엄마가 사장님한테 나 좀 집에 실어다 놓으라고 부탁, 아니, 거의 협박하시거든. 거기 가래떡 진짜 맛있는데. 나중에 한번 먹어봐. '효자떡집'. 아!"

애니는 가방에서 백설기 한 팩을 꺼내 반으로 나누더니 한 조각을 엄만호에게 건넸다.

"먹을래?"

엄만호는 애니가 내민 손을 물끄러미 바라보다가 퉁명스럽게 답했다.

"내가 왜?"

애니는 해말갛게 웃으며 말했다.

"혼자 먹기엔 너무 크잖아. 네가 같이 먹어주라, 응?"

그때 엄만호는 자신을 바라보는 애니의 눈빛이 떼쓰는 아이를 어르고 달래는 엄마의 따뜻한 눈빛이라고 생각했단다. 한 번도 엄마에게 그런 눈길을 받아본 적이 없어서, 그래서 더 확신할 수 있었단다. 분명히 이 눈빛은 엄마의 눈빛이라고.

엄만호는 그날 태어나서 처음으로 '사랑'을 느꼈다.

애니는 종종 엄만호에게 왔다. 약속한 적이 없으니 반드시 올 필요도 없는데 분명히 엄만호의 곁으로 왔고, 그저 가만히 함께 서 있었다. 그러다 책가방에서 떡이나 초콜릿 같은 간식을 반으로 나눠 그중 큰 조각을 엄만호에게 줬다. 만화책이나 잘 필기한 노트 따위를 건네기도 했다. 엄마의 눈빛으로. 내가 가진 좋은 것을 너에게도 주고 싶어, 하는 눈빛으로. 어떤 날엔 카세트 플레이어에 연결된 이어폰을 한쪽씩 나눠 끼고 노래를 들었다. 플레이어에서 윤종신의 '애니'가 흘러나왔던 날 크고 가벼운 눈송이들이 고요하게 내렸다. 첫눈이었다.

이제 엄만호는 바깥에서 엄마를 기다리는 시간이 외롭지 않았다. 늘 축축하게 느껴졌던 회색 담벼락도 애니가 온 뒤에 사실은 은빛이었다는 것을 깨달았다. 늘 해왔던 엄마가 있는 것과 없는 것 중 어떤 게 좋은 걸까 하는 질문에 이제는 단호하게 답할 수 있었다. 애니를 만나는 길목을 만들어준 엄마는 결단코 있어야 하는 존재였다. 줄 수 있는 게 아무것도 없었던 엄만호는 언젠가 자기가 가진 가장 좋은 것을 애니에게 주고 말겠다고 결심했다.

영하 17도까지 내려간 한겨울, 눈은 오지 않는 어떤 날이었다. 집에서 화투판을 벌이고 있는 엄마의 명으로 경찰이 오는지 망을 보며 서 있던 엄만호는 손과 귀가 벌겋게 얼어서 감각이 없어진 지 오래였다. 그때 멀리서 여러 명의 묵직한 발걸음이 엄만호를 향해 다가왔다. 교복이 아닌 사복을 입은 대여섯 명의 덩치 큰 남자 중 엄만호가 알고 있는 얼굴은 딱 하나, 너무나 잘 알고 있어 눈썹 모양까지 그릴 수 있는 최동우였다.

"너 애니랑 사귀냐?"

최동우의 아주 가볍고 따뜻할 것이 분명한 검은색 패딩 한구석에 너무나도 연약해 보이는 작은 깃털 하나가 삐져나와 있었다.

"아니."

"그럼, 여기서 뭐 해? 애니 기다리는 거 아니야? 애들이 너 여기서 애니랑 같이 있는 거 자주 봤다는데."

"맞아."

"네가 왜?"

"좋아하니까."

엄만호는 낯익은 최동우의 눈빛을 뚫어져라 쳐다봤다. 그 눈빛은 최동우가 어림없는 볼 따위에 연달아 배트를 두 번이나 휘둘러서, 한 번만 더 실패하면 아웃되는 상황에 몰렸을 때 나오는 눈빛이었다. 아직 지지 않았지만 이미 진 것처럼 망연자실한 눈빛.

"네가 뭔데 애니를 좋아해?"

최동우가 애니의 마음을 얻기 위해 온갖 수단과 방법을

가리지 않았으나 끝내 실패했다는 사실은 학교 안에서 공공연했다. 최동우가 못 한 일이면 그 누구도 할 수 없는 일이 되어야 했고, 지금까지는 늘 그래왔다. 하지만 태어나서 처음으로 주목받고 싶은 대상이 생긴 엄만호는 최동우 뒤에 숨어 있기로 한 결심을 딱 한 번만 어기기로 마음을 굳혔다. 최동우를 한 번만 찌르자. 최동우의 가장 여리고 무른 부분을 가장 잘 알고 있던 엄만호였기에 지켜주려고 애썼던 그 부분을, 딱 한 번만 찌르자.

"글쎄. 네가 못하는 거, 나는 너무 쉽던데. 애니도, 투수도."

그 말을 들은 최동우의 눈빛에 무언가 스쳐 간 것 같기도, 무언가 사라진 것 같기도 했다. 하지만 엄만호는 그게 무엇인지 파악할 겨를이 없었다. 집 쪽에서 다급하게 부르는 소리가 들려 뒤를 돌아보니 엄만호의 엄마가 손에 무언가를 쥔 채 맨발로 뛰어오고 있었다. 엄만호는 최동우에게서 시선을 거두고 엄마에게 다가갔다.

"엄마, 무슨 일……"

"이거 잠깐 들고 있어. 누가 물어보면 내가 줬다고 하지 마! 절대 안 된다! 알았지? 절대로 말하면 안 돼!"

엄만호의 엄마는 골목길 끝으로 다급하게 사라졌다. 엄만호는 엄마가 쥐여준 검은색 지갑을 들고 어리둥절하게 엄마가 사라진 쪽을 쳐다봤다. 최동우의 모습은 어느새 보이지 않았다. 그때 한 무더기의 사람들이 소리를 지르며 엄만호를 향해 달려왔다. 엄만호는 서둘러 점퍼 안주머니에 지갑을 숨기고 등을 돌렸다.

"도둑이야! 야, 이년아, 내 지갑 내놔!"

등을 돌린 엄만호 옆을 지나가던 사람들은 멈춰 서고는 엄만호의 가방을 당겨 얼굴을 살폈다.

"이거 그년 아들 아니야? 맞네. 아들이랑 짜고 친 거 같은데?"

"야, 이 새끼야, 느이 엄마 어디 갔어? 빨리 대답 안 해?"

대답 없는 엄만호를 1초도 참아줄 수 없는지 사람들은 막무가내로 몸을 뒤지기 시작했다. 그들이 찾는 검은색 지갑은 당연히도 금방 발견됐다. 사람들은 엄만호를 경찰서로 끌고 갔다. 엄만호는 지갑의 출처에 대해 끝까지 침묵했고, 경찰이 피해자들을 설득해 무혐의 처분으로 풀려났다.

하지만 다음 날 학교에 돌아가 보니 엄만호는 이미 모자 전과자가 되어 있었다. 자극적인 소문에 휩싸인 엄만호를 의심하는 쪽이 눈앞의 엄만호를 믿는 쪽보다 더 흥미롭고 짜릿했다. 게다가 그 소문의 발화자가 최동우라면. 소문은 손쉽게 진실이 되어버렸다. 엄만호는 야구부를 탈퇴했다. 조용히 전학을 알아봤지만, 소문은 순식간에 엄만호를 단순 금품 갈취자가 아닌 강력범죄자로 만들어놓았다. 엄만호는 어떤 학교로도 돌아가지 못했다. 그리고, 그날 이후로 다시는 최동우와 애니를 만나지 못했다.

"엄마네 엄마는 어떻게 되셨어요?"

"알게 될까 무섭다."

엄마는 짐짓 상관없다는 듯 어깨를 으쓱했다. 치킨 봉지가 엄마의 손끝에서 부스럭거렸다.

"그럼, 최동우는요? 제가 모르는 걸 보니 프로 데뷔는 못한 것 같은데."

"지명 못 받고 유학 갔다더라."

"쌤통이다. 야비한 놈. 결국 그렇게 될 줄 알았어!"

체증이 내려가듯 한결 후련해진 마음에 나도 모르게 목소리가 높아졌다. 엄마는 그런 나를 보고 씩 웃음을 지었다.

"근데 유학 가서 누구를 만났는지 알아?"

"누구요?"

"애니."

나는 걸음을 멈췄고 엄마는 속도를 늦추지 않았다. 엄마의 뒷모습이 쓸쓸했다. 그 이후의 일들과 그 너머의 엄마

마음이 궁금했으나 묻지 않는 편이 좋을 듯했다. 그리고, 엄마가 나에게 첫사랑 이야기를 해준 까닭을 짐작할 수 있을 듯했다. 나는 엄마 뒤에 바투 붙어 발걸음을 옮겼다. 가로등을 지나 왼쪽 코너를 돌면 바로 집이 보일 것이었다.

"엄마."

엄마는 내 쪽으로 고개를 돌렸다.

"야구요, 안 하고 싶어요?"

"하고 싶지. 엄청 하고 싶지. 야구 끊으려고 10년 넘게 내가 얼마나 애를 썼는데, 요 녀석아."

엄마는 미간 사이에 잔뜩 힘을 주고 입술을 꽉 깨물어 보였다.

"이젠 인류애 네가 있잖아. 희한하게 너 하는 것만 봐도 좋더라. 손 안 대고 코 풀기. 오히려 좋아!"

내 코를 쥐고 흔드는 엄마 손에는 힘이 하나도 실려 있지 않았다. 하지만 왠지 모르게 눈물이 핑 돌며 코끝이 찡해졌다. 재채기를 꾹 참아야 할 때처럼 말이다.

5.

오타니가 되어주는 수밖에

주말 리그가 본격적으로 시작되며 눈코 뜰 새 없는 날들이 계속됐다. 4월에 신세계 이마트 배, 5월에 황금사자기, 7월에 청룡기와 대통령 배, 8월에 봉황대기, 10월에 전국체육대회까지. 도착 시간을 철저하게 지키는 기관차처럼 쉴 틈 없이 달려나가야 했다. 중학생 때 상상 속에서 그렸던 것보다 훨씬 숨찬 일정이었다. 하지만 신기하게도 힘들지 않고 즐거웠다. 불쑥불쑥 웃음이 나오기도 했다. 야구공을 처음 만졌던 어린 시절처럼 모든 게 새로웠다. 내 야구는 나만의 것이 아니라는 믿음. 승리의 기쁨도, 패배의 슬픔도, 좌절과 희망도 함께 할 사람이 있다는 믿음이 나를 새로운 야구의 세계로 데려다줬다. 그동안 아보카도 씨앗은

성실하고 묵묵하게 균열을 만들어냈고, 나는 처음으로 면도라는 걸 하게 됐다.

"인류애! 몇 번을 가르쳐줘야 아냐? 상당히 일머리 없네, 일머리 없어. 칼날을 수염 결대로 밀라고. 결대로! 결 반대로 밀면 백 프로 피 난다고!"

피가 대롱대롱 맺힌 인중에 연고를 발라주며 엄마가 고개를 저었다.

"아니, 이 짧은 수염에 도대체 결이 어딨냐고요! 알아듣게 설명을 해줘야죠."

얼마 전 엄마는 내가 혹시 몰라 사다놓은 일회용 면도기를 치우고 다회용 면도기를 사서 화장실에 꽂아뒀다. 분홍색과 하늘색이었다. 분홍색은 엄마 것, 하늘색은 내 것. 나란히 두 개. 따뜻한 물로 피부를 데우고 셰이빙 폼을 사용해서 거품을 잔뜩 묻힌 다음 수염이 자라는 방향으로 부드럽게 미는 것. 이 간단한 일을 하는 데도 매번 피를 보는 게 나도 어이가 없었다. 엄마는 내가 면도하고 나오면 팔짱을 끼고 벽에 기대어 있었다. 이번엔 어느 쪽에 피가 맺혔는지 구경하며 잔소릿거리를 찾는 일을 은근히 즐기는 것 같기도 했다.

환희 형이 있는 광남고는 고교야구 리그의 시작을 알리는 주말 리그 전반기 시합에서 우승을 차지했다. 하지만 리그 초반의 기세와는 다르게 그 뒤 세 대회에서는 3위 안에도 들지 못하는 참패를 겪었고, 풍향고는 그 세 개의 대회 중에 두 대회에서 우승을 거머쥐었다. 파다하게 들리는 소문에 의하면 광남고는 야구부 안에 파가 나뉘며 균열이 생겼다고 했다. 그 균열의 중심에 정수리 마녀가 있다는 것은 듣지 않아도 알 수 있었고.

팀 스포츠의 절대적인 우선순위인 팀워크. 그것이 속수무책으로 깨진 것이다.

반면에 풍향고의 팀워크는 점점 더 단단해졌다. 뿌리부터 깊게 결속되는 느낌이 들었는데, 그 뿌리를 내려준 사람이 엄마였다. 엄마는 더그아웃의 활력이 그라운드의 무한한 동력으로 이어진다며 간식을 나눠 줄 때마다 팀원들에게 강조했다. 유머 감각이 좋은 2학년 선배 몇 명을 더그아웃의 응원단장, 일명 '인어공주'로 지정하고 그들을 불러 응원 족집게 강의를 열기도 했다. 왜 '인어공주'인지는 첫 강의를 끝내고 더그아웃으로 돌아온 선배들을 보고 알 수 있었다. 얼마나 소리를 전투적으로 질렀는지, 그들의 목소리가 인어공주처럼 사라져 있었기 때문이다.

그리고 오늘, 청룡기 준결승전이다. 상대 팀은 신세계 이마트 배에서 우승을 차지한 경민상고.

“첫 선발 등판하는 기분이 어떠신가? 코 밑에 연고가 땡구처럼 매달린 풍향고 야구부 등번호 1번 선수?”

현관 앞에 선 엄마가 물었다.

“뭐, 보시다시피.”

나는 평정심으로 가득 찬 표정을 지어 보이며 엄마를 돌아봤다.

“음, 콧구멍이 벌렁거리는 걸 보니 상당히 기분이 좋은 것 같고.”

“참나. 무슨 말씀이세요. 저 소문난 돌부처 최민찬이거든요!”

민망한 마음에 목소리가 쓸데없이 커졌다. 방귀 뀐 놈이 성낸다더니, 그 말이 딱이었다. 사실 엄마 말이 맞았다. 상당히 좋은 기분이라는 간단한 단어만이 지금 내 기분을 설명할 수 있었다.

“애가 돌부처 같은 게 뭐가 좋냐? 사람 같아야지.”

엄마는 현관 앞에 놓인 야구 가방을 내 어깨에 올려주고는 쓰레기봉투를 들고 슬리퍼를 신었다. 쓰레기봉투 안에는 언제부턴가 계란 껍질이 잔뜩 들어 있었다. 우린 함께 현관문을 나섰다.

"오믈렛은 언제 해줄 거예요?"

"나는 완성도를 최우선으로 생각하는 사람이라고. 알아?"

"그래서 언제 해줄 거예요?"

"0.9를 1로 치부하는 사람이 아니라고. 나는 1만을 1로 치부한다고. 아주 엄격하다고. 띄엄띄엄 하는 사람이 아니라고. 알아?"

"네네, 알겠고요. 언제 해줄 거예요? 못 하겠으면 깔끔하게 포기하시죠. 엄한 계란들 대량 학살하지 마시고."

"인류애, 근데 너 오늘 타석도 들어가냐?"

말을 돌리는 모양새가 어지간히 변명거리가 없는 것 같았다. 이번엔 내가 한 번 봐주기로 했다. 청룡기 준결승전 선발투수의 아름다운 배려심으로.

"타석 엔트리엔 없는데요. 습관이죠, 뭐."

"챙겨 가면 쓸 일이 꼭 생기더라. 이따 방망이 연습도 좀 해둬."

엄마는 쓰레기장으로 향했고 나는 학교 쪽으로 몸을 틀었다.

"그럴 일 절대 없어요. 이따 워밍업할 때 올 거죠?"

"세상에 절대가 어디 있어? 그리고 나 약속 있어, 짜샤."

고개를 끄덕이며 '그러세요, 그럼'이라고 일말의 걱정 없이 말할 수 있는 오늘, 나의 기분은 상당한 기분.

그리고 몇 분 뒤, 라커 룸에 붙은 선발 라인업을 본 나는 배꼽 밑으로 겸손하게 두 손을 모으고 엄마를 생각했다.

'선발투수 최민찬' 그리고 '1번 타석 최민찬'.

세상에 절대란 것은 절대로 없었다.

"애매한데."

영은이가 내 왼편에서 나이키 모양으로 엄지와 검지를 펴고서 턱 밑에 괴었다.

"그러게. 이거 축하를 해줘야 하는 거야, 위로를 해줘야 하는 거야? 공 던지고 내려가자마자 바로 방망이 들고 올라 오라는 거잖아."

어느새 하늘이도 내 오른편에 서서 표를 뚫어지게 쳐다 보고 있었다. 턱을 손가락으로 톡톡톡 치면서 말이다.

"응원."

나는 가운데에서 둘의 어깨에 손을 올리며 말했다. 지금 필요한 건 단연코,

"축하도 위로도 아니고. 그냥 응원."

이미 엔트리 표를 본 선배들은 내 머리와 어깨를 장난

스레 툭툭 치며 지나갔다. 질투 어린 눈초리를 숨기지 않고 오히려 호탕하게 표현하는 선배들이 고마웠다.

"어이, 최민찬. 너 감독님한테 뭐 잘못한 거 있냐? 잘 생각해 봐, 있을 거야. 한두 개가 아니라 여러 개. 이 정도면 벌칙이지."

"1회부터 여러 사람 몸 풀게 만들면 너 죽는다!"

"민찬아, 난 그냥 1회부터 풀고 있을게. 적당히 하고 내려와."

"나는 감독님이 '최민찬, 옜다. 엿 한번 먹어봐라'를 굉장히 매너 있고 격조 있는 방식으로 표현하신 것 같아."

인어공주 선배가 진정성 있는 목소리로 내뱉은 농담에 라커 룸 여기저기에서 웃음이 터져 나왔다.

"다들 워밍업하러 안 나오고 뭐 해!"

코치님의 부름에 부원들은 각자 장비를 지고 더그아웃으로 향했다. 염려되는 표정으로 쳐다보는 하늘이와 영은이의 시선을 의식하며 나도 배트와 투수 글러브를 가방에서 꺼냈다. 나는 읏차, 하고 일어나 표에 적힌 내 이름을 비장하게 바라봤다.

"괜찮겠어? 감독님이 너 시험해 보려는 것 같은데. 오늘 실수하면 당분간은 벤치 신세가 될 거야. 피도 눈물도 없잖아, 감독님."

영은이가 내 등을 가만히 쓸며 말했다. 나보다 더 긴장한 얼굴이었다. 짜식, 누가 마누라 아니랄까 봐.

"어쩔 수 없지."

둘은 동시에 나를 향해 얼굴을 돌렸다.

"오타니가 되어주는 수밖에."

그리고 더그아웃 입구로 터벅터벅 발걸음을 옮겼다. 더 많은 말은 필요하지 않았다. 등 뒤에서 하늘이의 중얼거림이 들렸다.

"오랜만이네. 최민찬 빛나는 안광. '도른자' 맞네."

'도른자' 눈을 장착한 오늘, 나의 기분은 상당한 기분.

"어머니는?"

코치님의 물음에 나는 관중석을 쭉 한번 둘러봤다. 엄마를 찾는 게 나뿐만은 아니었다. 코치님도 엄마의 더그아웃 파이팅 기운이 필요한 모양이었다. 얼마 전에 코치님에게 들은 비하인드 스토리가 있었다. 엄마가 과거 촉망받던 투수였던 것을 일찌감치 알고 있었던 감독님이 일부러 엄마에게 간식 총무를 맡겼다는 것이다. 더그아웃과 라커 룸에 자주 드나들며 엄마 특유의 호탕하고 격의 없는 태도로 선수들에게 기술적이고 정신적인 조언을 해줄 수 있을 거라고 판단하셨단다. 역시 감독님은 이기기 위해 수단과 방법을 가리지 않는 승부사 기질을 가지고 있다. 그래서 무섭냐고 묻는다면, 천부당만부당한 말씀. 존경의 이유만 늘어났을 뿐이다.

그렇게 아까부터 여러 눈이 엄마를 찾고 있었지만 레이더망에 포착되지 않았다. 약속이 있다는 말이 진짜였는지, 평소와는 다르게 워밍업 때도 보이지 않는 엄마가 계속 신경 쓰였다. 나는 스트레칭 밴드를 내려놓고 투수 글러브를 꼈다.

"오늘 퍼펙트 가능?"

하늘이가 팔랑팔랑 날아와서 주먹을 뻗었다. 하얀 배추흰나비처럼 귀엽게. 나는 하늘이의 앞 머리카락을 살짝 흩트리고는 한쪽 무릎을 꿇었다. 길게 풀린 하늘이의 민트색 운동화 끈을 꼼꼼하게 묶고 자리에서 일어나 하늘이의 주먹에 내 주먹을 맞댔다.

"퍼펙트보다는,"

"노히트."

하늘이는 내 대답을 가로채며 햇살처럼 웃었다. 하늘이가 웃으면 나도 허물어지듯이 따라 웃게 된다. 하늘이의 웃음에서 느껴지는 따뜻한 촉감을 이제는 그 누구와도 나누고 싶지 않다는 생각이 들었다. 나는 글러브를 낀 오른손으로 하늘이의 어깨를 살짝 눌렀다.

"어이, 김하늘."

"응?"

아무것도 모르고 나를 올려다보는 하늘이의 천진함 앞에 나는 또 허물어졌다.

"아니야."

괜히 왼쪽 어깨를 빙빙 돌렸다.

"아니긴 뭐가 아니야? 네가 나를 '김하늘'이라고 부를 땐 분명히 중요한 할 말이 있을 때라고. 모를 줄 알아? 뭐 부탁할 거 있어? 말해봐. 뭔진 모르겠지만 까짓것 해줄게."

나보다 나를 더 잘 아는 내 쪼쪼친구. 나는 입술을 한 번 깨물고 천천히 하늘이의 작은 귀에 가까이 다가갔다. 여태껏 수없이 많은 말을 하늘이에게 해왔지만, 단연코 이것보다 중요한 말은 없었을 것이다. 심장박동수가 빨라졌다.

"있잖아. 오늘 첫 번째 삼진……"

그때, 너무나도 익숙한 중저음의 목소리가 뒤에서 들려왔다. 타이밍 한번 기가 막혔다.

"헤이! 쪼쪼친구들! 여기 좀 봐봐!"

뒤를 돌아보니 대포 카메라라고 불리는 커다란 DSLR 카메라를 목에 건 엄마가 렌즈를 조절하고 있었다. 마음대로 안 되는지 이것저것 누르면서 혼자 구시렁대고 있는 엄마를 보며 하늘이가 물었다.

"어머님, 혹시 민찬이 사생팬?"

깔깔대는 하늘이의 웃음소리와 쩔쩔매는 엄마의 일그러진 얼굴이 묘하게 조화로웠다. 나는 한숨을 작게 폭 내쉬며 오늘은 글렀네, 하고 혼잣말했다.

"인류애 고딩되고 명색이 첫 선발이라 기념사진은 남겨줘야 할 것 같아서 빌려왔는데. 아, 강원도 정선 진짜, 그냥 켜고 찍기만 하면 된다면서 뭐 이리 복잡해!"

약속이 있다더니 공무원에게 카메라를 빌리러 갔었구나. 그냥 휴대폰으로 찍으면 되지. 역시 쉬운 길로 갈 줄 모르고 '얼톡'을 운운하는 옛날 사람다웠다.

"됐다! 자, 둘이 여기 보고. 하나, 둘, 셋! 빅토리!"

나랑 하늘이는 '빅토리'란 단어에 몸서리를 치면서도 엄마를 따라 슬그머니 빅토리를 외쳤다. 손가락으로 만든 브이와 함께.

1회 초, 경민상고의 공격은 타자 세 명이 연달아 물러나며 허무하게 끝나버렸다.

"얼, 에이스. 오늘 공 좀 오네? 마지막 공은 알고도 못 치는 것 같던데? "

포수를 맡은 3학년 선배가 미트로 엉덩이를 툭 치며 지나갔다. 삼진, 삼진, 삼진. 내가 봐도 교과서에 실릴 만한 예술적인 플레이였다.

경민상고는 예전부터 투수가 강한 팀으로 유명했다. 큰 점수를 내기보다는 상대를 꽁꽁 묶어두고 필요한 만큼만 점수를 만들어내는 팀이었다. 오늘 마운드에 오른 3학년 투수는 특히 까다로운 선수였다. 독특한 자세로 공을 던져 타자들의 리듬을 무너뜨리는 데 능했고, 공의 힘도 묵직했다. 곧 프로 무대에 설 거라는 이야기가 나올 만큼 주목받는 선수라, 꼭 한번 상대해 보고 싶은 투수였다. 아드레날린이 실시간으로 솟아오르는 것이 느껴졌다. 나는 몸을 푸는 투수의 공에 타이밍을 맞추며 배트를 휘둘렀다. 배트 링을 끼워 한층 무거워진 배트를 휘두를 때마다 바람 소리가 났다. 타석에 올라갈 때까지 30초도 남지 않았다.

"소리 봐라. 소리로 윽박지른다!"

"포수 글러브 찢어먹겠네. 살살해, 살살."

"3학년의 힘을 보여줘! 1학년 주제에 어딜!"

경민상고 더그아웃의 파이팅 소리가 만만치 않았다. 상대 팀 선발투수이자 1번 타자가 1학년인 사실이 놀라우면서도 자존심 상하는 일일지도 모른다는 생각이 들었다. 나 같아도 그럴 테니까.

"인류애!"

엄마가 더그아웃에 바로 붙어 있는 관중석에서 나를 불렀다.

"경민상고 선발, 볼 끝 힘이 아주 좋아. 여차하면 밀릴 거야. 어설프게 맞히려고 하지 말고, 네 방식대로 해. 네 스윙으로. 너 1번 타자인 거 잊지 말고."

나는 가볍게 고개를 끄덕였다.

"삼진 잡고 안타 치고 둘 다 하는 최민찬!"

"출루해야지, 어이! 출루해야지, 어이!"

더그아웃 인어공주들의 아직 사라지지 않은 목소리를 들으며 타석으로 올라갔다. 배트를 힘차게 휘두르면서 가볍게 툭, 가볍게 툭, 중얼거리며 마인드컨트롤을 했다.

포수의 사인을 확인한 경민상고 투수는 고개를 끄덕이며 견고하게 와인드업 자세를 취했다.

"스트라이크!"

나는 배트를 휘두르지 않고 정가운데로 들어오는 직구

를 지켜봤다. 예상보다 큰 위력이 느껴지는 공이었다. 투수는 다시 포수의 사인을 확인했다. 원하는 사인이 나오지 않았는지 고개를 두 번 좌우로 흔들고 세 번 만에 끄덕였다.

"스트라이크!"

이번엔 몸쪽으로 꽉 차게 들어오는 빠른 공. 경민상고 선수들은 선발투수의 투구에 환호를 지르며 응원했다.

"기가 막힌다, 기가 막혀! 자로 쟀다, 자로 쟀어!"

나는 배트를 허벅지에 세우고 숨을 골랐다. 같은 중학교 야구부였던 경민상고 포수가 공을 투수에게 던지면서 나에게 장난스럽게 말했다.

"결정구 알려줄까?"

"말하면 죽는다."

투수의 눈은 이내 진지해졌다. 포수가 여러 번 사인을 냈지만, 투수는 이번에도 쉽게 고개를 끄덕이지 않았다.

'전부 변화구 사인이었겠지? 투 스트라이크니까. 아예 바깥으로 빼려고 그러나? 그렇지. 나는 지금 무조건 칠 타이밍이고.'

마침내 투수가 고개를 끄덕였다. 앞선 투구 폼과 완벽하게 같은 폼.

'한복판이다!'

투수의 공이 포수의 글러브 안으로 무섭게 빨려 들어가는 그 순간.

깡.

"잘 맞았어! 우와, 크다!"

"홈런이야!"

내야를 벗어나 외야를 향해 쭉쭉 뻗어나가는 타구를 눈으로 좇았다. 양 팀 더그아웃 선수들의 몸이 날아가는 타구를 구경하느라 펜스 바깥으로 반쯤 빠져나와 흔들렸지만, 나는 고개를 내리깔고 읊조렸다. 힘 더 뺄걸. 결과는 폴대 밖으로 나간 파울 홈런이었다.

"10센티미터만 더 나갔어도 홈런인데."

"으아, 아쉽다 아쉬워."

아쉬워하는 목소리를 뒤로하고 나는 다시 타석에 올랐다. 하나도 아쉽지 않았다. 안 쳤으면 허무하게 스트라이크를 받았을 테니까.

연속해서 세 개의 볼을 골라낸 나는 타석에서 살짝 벗어나며 장갑을 고쳐 꼈다. 그리고 경민상고 포수에게 낮은 목소리로 말했다.

"나 이번에 칠 거다."

포수는 아무런 미동 없이 등으로 대답했다.

"반가운 말씀."

나는 배트를 어깨 뒤로 치켜들며 오른 다리에 체중을 실었다. 포수의 사인을 받은 투수는 고개를 살짝 끄덕이며 와인드업 자세를 취했고 포수의 글러브를 표적처럼 뚫어져라 바라보며 공을 던졌다.

그 순간, 내 눈동자 안에서 야구공이 유성처럼 반짝이며 옆으로 미끄러졌다. 휘어들어 오는 슬라이더였다. 등을 강하게 회전하며 유성의 궤적을 짐작했다. 계산도 분석도 예측도 필요 없이 그저 느낌으로 알 수 있었다. 나는 미리 유성의 목적지에 도착해서 반대편으로 쏘아 올릴 순간을 기다리고 있었고, 유성은 마침내 그곳에 당도하고 말았다.

깡.

내가 쏘아 올린 유성은 그라운드에 발을 붙인 모든 선수의 시선을 보란 듯이 사로잡고 중력을 거스르며 아름다운 곡선으로 날아갔다. 양 팀 더그아웃의 모든 선수가 자리에서 일어나 날아가는 공을 바라봤다.

"최민찬, 이 '도른자'야!!!"

영은이의 애정 섞인 욕을 들으며 나는 배트를 살짝 내려놓고 그라운드 위를 뛰기 시작했다. 우아하게 뻗어나가던 공은 그림처럼 아슬아슬하게 담장 밖, 그 누구도 잡을 수 없는 곳으로 넘어갔다.

"홈런이다!"

"딩동댕 홈런을 내 눈으로 보다니!"

"오타니, 아니 최타니네! 최타니야!!!"

1 대 0. 그 점수는 경기가 끝날 때까지 바뀌지 않았다.

만화도 이렇게 하면 욕먹는다, '10K+리드오프 홈런+무실점'

일본에 오타니가 있다면, 한국에는 최타니, 최민찬이 있다!

고등야구의 새로운 역사를 쓴 풍향고 1학년 최민찬 선수!

눈으로 보고도 믿기 어려운 광경이었다. 만화로 그려도 터무니없다고 외면받을 만큼 어이없는 고등야구 역대 최고의 퍼포먼스가 나왔다. 주인공은 풍향고등학교 야구부 1학년 좌완투수 최민찬 선수.

최민찬은 11일 경민상업고등학교와 치른 청룡기 준결승전에서 선발투수 겸 1번 타자 투웨이로 출장해 리드오프 홈런, 일명 딩동댕 홈런을 때리며 6이닝 무실점 완벽투를 선보였다.

1회 초 마운드에 오른 최민찬은 KKK로 이닝을 끝냈다. 최고

구속은 151km였다. 곧바로 1회 말 선두 타자로 타석에 들어선 최민찬은 풀카운트에서 몸쪽으로 들어오는 슬라이더를 때려 좌측 담장을 넘어가는 비거리 130m의 대형 리드오프 홈런을 터트렸다.

드라마처럼 투수와 타자로 완벽한 1회를 마친 최민찬은 6회까지 단 1안타만을 허용하고 무실점 쾌투를 마친 채 마운드에서 내려왔다. 말 그대로 괴물 신인이 나타난 것이다.

중학교를 졸업한 지 6개월도 채 되지 않은 최민찬은 182cm의 키에 몸무게는 83kg으로 투수로서 완벽한 체격으로 성장 중이며, 지옥에서도 데려온다는 파이어볼러 좌완투수이다.

현재까지 최고 구속은 153km. 1학년이라는 것을 배제하더라도 뒤지지 않는 구속이다. 풍향고 야구부의 양재필 감독은 인터뷰를 통해 최민찬이 최근 보여주는 성장세에 대한민국 야구계가 주목해야 할 것이라고 호언장담했다. 양 감독이 가장 높이 사는 최민찬의 강점은 바로 멘털이다. 이미 중학생 때부터 '리틀 돌부처'로 소문났을 만큼 최민찬의 포커페이스는 절묘하다고 양 감독은 칭찬을 아끼지 않았다.

최근 LG트윈스 은퇴 후 야구 해설위원으로 데뷔한 투수 이동

현 선수는 최민찬의 경기를 보고 '힘으로 상대를 제압하는 직구가 탁월하다. 아직 1학년이라 변화구 구종이 다양하지는 않지만, 이 점만 보완한다면 고등학교 졸업 전에 메이저리그 진출은 따놓은 당상이 될 것이다'라고 평가했다.

최민찬은 경기 직후 인터뷰를 통해 '믿고 기회를 주신 감독님께 감사드린다'라는 간단한 소감을 남겼다. 뛰어난 피지컬과 멘털까지 갖춘 슈퍼루키 최민찬. 최민찬이 오타니의 이름을 뛰어넘는 슈퍼스타로 성장할 수 있을지 귀추가 주목된다.

(최민찬 선수 프로필 사진)

사진=이경근 기자

love_lkk@snews.com 이경근 기자

청룡기 준결승전을 치른 뒤 제법 많은 일이 있었다.

모든 온라인 스포츠뉴스 기사에 실렸고, 인터뷰를 세 번 했으며, 사인과 사진 요청을 수십 번 받았다. 스카우터들이 수시로 학교에 찾아와 연습 영상을 찍어 갔다. 아, 풍향고가 청룡기 우승을 차지한 것은 당연하고.

그렇게 며칠 소란스럽게 흔들리던 일상은 금세 중심추를 찾아 제자리로 돌아왔다. 엄마가 있었기 때문이었다. 만약 엄마가 없었다면, 야구공이라는 작은 지구에 갇혀 살았던 열일곱의 최민찬에게 지금 받는 스포트라이트는 독이 됐을지도 모른다.

세 번째 인터뷰를 통해 알게 됐다. 사람들이 원하는 건 입맛대로 만들어진 어린 슈퍼스타였다. 처음엔 그들이 포장하는 대로 흘러가게 둬도 괜찮지 않을까 생각하기도 했다. 잘 포장된 최민찬은 내가 봐도 무척 근사했기 때문에.

하지만, 그렇게 그라운드에서 1미터쯤 붕 뜬 채로 풍선처럼 둥실둥실 날아다니려는 나를 밧줄로 꽁꽁 묶어 땅에 내려준 사람은 바로 엄마였다.

엄마는 특별하지 않은 일상을 반복함으로써 나를 땅으로 데려왔다. 그저 매일 그랬던 것처럼 계란프라이를 세 개씩 해주고, 반신욕 하는 아보카도의 물을 갈아주고, 상처 난

턱에 연고를 발라줬다. 아침에 일어나면 엉망이 되어 있는 나의 머리 모양을 꾸준하게 놀리고, 실패하는 맛에 만드는 오믈렛을 요리해 나눠 먹고, 산책한다는 핑계를 대며 새벽 훈련 가는 내 옆에서 나란히 걸었다. 변함없이 굳건하게 돌아가는 일상. 그 일상 속에서 나는 김 여사가 말했던 '주제를 아는 빈 수레'로 남을 수 있었다. 그렇게 별일 없는 날들이 지나가고, 나뭇잎의 초록이 나날이 깊어지며 여름이 되었다.

6.

미처 실패하지 못한 상상

한편, 청룡기 결승전이 끝난 뒤 그 누구도 예상치 못했던 스카우트 제안 열풍에 곤혹을 겪고 있는 사람이 있었다.

"생각 없습니다. 저 돈 많습니다."

바로, 우리 엄마였다.

"엄마, 돈 없잖아요. 특별수당 백만 원을 누구 코에 붙이냐고 월급날마다 투덜대면서."

한숨을 쉬며 통화 종료 버튼을 누르기가 무섭게 또다시 진동이 울리자 엄마는 몸서리를 치며 휴대폰을 침대 위로 던져버렸다.

"나 쓸 만큼은 있어, 짜샤. 차 살 돈이 없어서 그렇지. 아, 오토바이 팔고 나도 차를 사고프다."

스카우터들이 풍향고 야구부를 드나들 때마다 누가 봐도 은퇴한 운동선수처럼 보이는 체격이 큰 남자가 공을 줍고 있었을 것이다. 그 남자는 선수들의 스트레칭을 돕고, 투수에게 어깨 강화 운동을 시키기도 하고, 간식도 배식하는 멀티 플레이어로 활약하고 있었을 테다. 그 모습을 지켜보던 한 스카우터는 남자의 얼굴을 어디선가 본 것 같다는 느낌이 들어 가까이 다가갔다. 프로 지명을 받지 못하고 스카우터의 길로 들어선 그는 남자가 고교 시절 사건에 휘말려 물거품처럼 사라진 에이스 투수 엄만호라는 걸 쉽게 알아챌 수 있었다. 그리고 이내 엄만호가 최민찬의 가족 지원 공무원이라는 사실도 듣게 됐다. 바로 나 최민찬에게 말이다. 스카우터가 인자한 표정으로 저기 저 엄만호 씨는 여기서 '뭐 하는' 사람이냐고 묻길래, 저기 저 엄만호 씨는 다름 아닌 '제 엄마 하는 사람'이라고 자랑스럽게 대답한 내가 지금은 너무 원망스럽다.

약 20년 전 연기처럼 사라졌던 고교야구 에이스 투수 엄만호가 최민찬을 최타니로 만들었다는 소문은 호사가들의 입에서 입으로 전해지며 날개를 달고 바람에 실려 번져나갔다. 그날 이후로 엄마를 투수 코치로 계약하고 싶어 하는 사람들의 문의 때문에 엄마의 휴대폰은 불이 날 지경이었다. 집 안에서 엄마는 대부분 스피커폰을 켜놓고 통화했다. 휴대폰을 귀에 갖다 대는 게 귀찮다는 이유였는데, 그즈음부터 휴대폰을 손으로 드는 게 더 이상 귀찮지 않아졌는지 스피커폰을 거의 사용하지 않았다. 휴대폰 밖으로 흘러나오는 소리를 최대한 관심 없는 표정으로 온 정신을 집중해 들어보면, 그들은 한결같이 돈 이야기를 하는 것 같았다. 공무원 월급 얼마나 된다고 거기서 그러고 있냐, 계약금 후하게 쳐주겠다, 원하는 액수를 말해달라, 얼마면 되냐, 응? 얼마면 되겠냐……. 대충 그런 말들의 변주였다.

처음엔 귀찮은 걸 질색하는 엄마가 하루 종일 전화를 받으며 고문받는 모습이 재밌었다. 옆에서 포도알을 쏙쏙 빼 먹으며 수박을 아삭아삭 씹으며 보기 딱 좋았다. 배를 잡고 깔깔대며 웃기도 했다. 엄마에게 '개꿀잼'이라고 엄지를 들어 보이다가 딱밤을 맞기도 했다.

그런데, 어느 날 걸려온 전화 한 통으로 사태가 생각보다 심각해졌다. 욕실에서 샤워 후 물기를 닦고 있을 때 엄마의 휴대폰이 울렸다. 정수리 마녀였다. 공무원을 그만두고 환희의 개인 코치로 와주면 안 되겠냐는 용건이었다. 억대 연봉과 인센티브 보장은 물론이고 집과 '차'까지 제공해주겠다면서. 아줌마답지 않게 아주 정중한 목소리였다. 그때 엄마는 경주에서 유명한 계란김밥이 먹고 싶다는 나를 위해 한창 김밥을 말고 있었다. 어쩔 수 없이 켜놓은 스피커폰에서 흘러나오는 소리를 차단하려고 나는 다시 샤워기를 세차게 틀었다. 엄마의 대답은 듣고 싶지 않았다. 어떤 대답이더라도, 엄마의 진심을 듣는 것이 무서웠다. 그것은 믿고 안 믿고의 문제가 아니었다. 이미 믿어버리게 된 것을 지키기 위한, 일종의 사랑에서 비롯된 문제였다.

며칠 내내 하늘이 뚫린 것처럼 쏟아지던 장맛비가 오랜만에 소강상태였다. 뿌옇고 탁했던 것들이 거센 비에 씻겨 내려간 새벽의 공기는 더할 나위 없이 상쾌하고 투명했다. 재활용 쓰레기를 버린다고 함께 밖으로 나온 엄마는 갑자기 두유가 먹고 싶다며 나를 따라나섰다. 학교 가는 길에는 못해도 편의점이 다섯 개는 있었지만, 엄마의 목적지는 항상 우리 학교 바로 앞에 있는 세븐일레븐이었다. 엄마는 늘 그랬듯 베지밀 B와 A를 하나씩 사서 빨대를 꽂았다. 엄마는 어른이니까 쾌락이 녹아 있는 달달한 B를 먹고, 나는 청소년이기 때문에 건강이 녹아 있는 담백한 A를 먹어야 한단다. 우리 둘은 나란히 쾌락과 건강을 마시며 정문으로 향했다.

"오늘 간식은 하늘이네 엄마가 하실 거야."

나는 빨대로 두유를 쪽 빨며 엄마를 봤다.

"아, 오늘 구청에 가봐야 하거든. 교육받을 게 있어서."

묻지 않은 말을 덧붙인 엄마도 나처럼 두유를 단숨에 빨아 마셨다. 종이 팩이 금방 납작해졌다.

"오늘 당번은 원래 하늘이 아줌마시지 않아요?"

"응, 맞지. 그래도 혹시나. 너 기다릴까 봐."

남은 두유를 빨대로 빨아들였다. 종이 팩 안에 몇 방울 남지 않은 두유가 올라오지 못한 채 꼬르륵꼬르륵 요란을 떨었다. 나는 빈 팩을 엄마에게 건넸다.

"집에서 봐요. 강원도 화천 님께 안부 전해주시고요."

엄마는 피식 웃으며 고개를 끄덕이고는 뒤를 돌아 천천히 멀어졌다.

오후 수업이 끝나는 종소리가 들릴 때까지도 하늘은 끝내주게 청명했다. 장마의 한가운데에 걸맞은 무자비한 습도를 느끼며 나와 영은이, 하늘이는 라커 룸으로 향했다.

"차라리 비가 내리는 편이 낫지 않겠냐? 어떻게 생각해?"

벌써 유니폼이 땀으로 젖기 시작한 영은이가 나를 돌아보며 동의를 구했다.

"말은 반드시 씨가 되리니."

나는 두 손을 가슴 가운데로 모아 '나무아미타불 관세음 보살'을 읊으며 겸허하게 합장했다. 한증막 같은 더위 속에서 야외 훈련을 하느니 배트를 3000번 휘둘러도 실내에서 훈련하는 게 확실히 체력 소모가 덜했다. 그렇지만 하늘은 눈치 없이 맑았고, 우리의 소망은 이루어질 기미가 보이지 않았다.

"설마 야외 훈련 뼈 빠지게 하고 있는데 비 내리는 건 아니겠지? 그건 안 내리는 것만 못한데. 젖으면 실내 훈련도 못 한다고."

아직도 불길한 말을 떠들어대는 영은이를 보며 하늘이는 고개를 설레설레 저었다.

"설마는 때때로 사람을 잡느나니."

기분 탓인지 조금 무거워진 구름을 보고 있자니 무언가의 전조 같기도 했다. 그때 휴대폰 진동이 울렸다. 액정에 뜬 발신자의 이름을 보니 픽 미소가 지어졌다. 강원도가 지역구임이 틀림없는 공무원님이었다. 엄마를 통해 전한 안부에 답하려는 게 분명했다. 나는 수신 버튼을 눌렀다.

"어머! 민찬 군, 제 전화도 받아주고 영광이에요."

'여보세요'도 하기 전에 들이닥치는 기분 좋은 목소리가 오랜만이라 무척 반가웠다.

"무슨 말씀을요. 간만에 담당자님 목소리 들으니까 활기차고 좋아요. 잘 지내셨어요?"

"어쩜, 우리 다정한 민찬 군. 역시 슈퍼스타가 될 자격이 충분해요. 아임 어 빅 팬 오브 유."

머릿속으로 왕창 확장된 공무원의 눈, 코, 입이 생생히 떠올라서 순간 아찔해진 나는 서둘러 감사하다는 인사와 함께 용건을 물었다.

"아, 다름이 아니고, 풍향고 봉황대기 결승전 티켓을 구하고 싶은데 방법을 몰라 연락했어요. 검색해도 잘 모르겠고, 만호 씨한테 물어보니까 대관령 풍력발전기 동영상이나 보내더라고요. 어휴 정말, 만호 씨 짓궂어요. 민찬 군 바쁜데 번거롭게 만든 것 같아 송구해요."

가끔 보면 엄마와 나는 잘 맞는 구석이 있었다. 나도 팔을 넓게 뻗은 공무원을 보고 대관령의 풍력발전기를 떠올렸던 날이 있었다. 나는 소리 나지 않게 웃었다.

"아니에요. 경기 보러 와주신다니 정말 감사합니다. 음, 경기장에 따라 다르지만, 보통은 무료예요. 학생 야구라 매진되는 일은 거의 없으니까 유료여도 당일에 현장 구매하시면 될 것 같아요. 아직 봉황기 시작도 안 했는데 담당자님 기대에 부응하려면 꼭 결승에 가야겠는걸요?"

봉황대기 결승전이라. 매년 여름의 한복판에서 열리는 고교야구 최고의 권위를 자랑하는 대회. 그 대회의 결승전 마운드에 올라간 나를 상상하니 가슴이 한껏 웅장해졌다.

"꼭 그래줘요, 민찬 군. 제가 제일 앞 열에서 응원하고 있을게요. 세상에, 내가 시간을 너무 많이 뺏었네. 그럼, 그 때 봐요, 민찬 군! 만호 씨한테 안부 전해주시고요."

가슴이 덜컥 내려앉았다.

"엄마 오늘 구청에 교육받으러 간다고 한 것 같은데."

"아, 교육! 그거 온라인이에요. 아까 오전에 수료하셨더라고요. 진짜 수료를 하셨는지 틀어놓고 풍력발전소 동영상이나 보고 계셨을지는 모르겠지만요."

공무원과 전화를 끊고 나서야 알게 되었다. 어딘지 무거워진 구름은 단지 기분 탓이 아니었다. 하늘은 통화하는 몇 분 사이에도 부지런히 어두워지고 있었다. 나는 정수리 마녀의 구두 굽에서 나는 또각또각 소리를 떠올리다가 고개를 저어버렸다.

하늘이 궂은 데는 분명히 꿍꿍이가 있겠지만, 운동장 안의 누구도 이렇게 갑작스러운 폭우를 예상하지는 못했다.

한 방울 똑.

그러고 나서 본격적으로 후드득 떨어지기 시작하자 선택지가 별로 없었다. 이미 비에 젖었으니 차라리 제대로 비를 맞으며 훈련하거나, 이미 비를 맞았지만 지금이라도 비를 피하고 훈련을 중단하거나. 누구도 강요하지 않았으나 후자를 선택한 사람은 아무도 없었다. 한번 젖으면 더 이상 젖지 않는 법이라는 걸 우리는 잘 알고 있었다.

"설마가 사람을 잡네, 잡어!"

천둥번개를 동반한 억수 같은 빗속을 달리며 영은이가 소리쳤다. 영은이의 커다란 목소리를 들으니 가슴이 뻥 뚫리는 것 같았다. 나는 큰 소리로 선창했다.

"무적 풍향!"

"파이팅!"

줄무늬 유니폼은 어느새 진흙으로 엉망이 되었다. 흙이 묻지 않은 채 끝나는 경기는 이겼어도 가슴 한구석이 개운치 못한 법이다. 엉망이 된 서로의 유니폼을 설핏설핏 바라보며 달릴 때, 우리의 심장은 모처럼 하나의 심박수로 힘차게 뛰었다. 빗줄기의 기세가 더욱 강해졌다. 빗줄기가 아니라 불길 같았다. 쏟아지는 기세도, 땅에 닿아 사방으로 튀어 오르는 움직임도, 주변을 휩쓰는 모습도, 공기를 삼켜버리는 소리마저도 닮아 있었다.

"얘들아, 졸라 자유롭지 않냐!"

인어공주 형의 외침에 모두 각자의 추임새를 넣었다.

"그래, 졸라 자유롭다! 대한독립 만세다 만세!"

"아, 비 오는 날에는 발에 비닐봉지 끼고 농구코트에서 농구하는 게 핵꿀잼인데!"

"그럼 미끄러지지 않아?"

의아한 말투로 묻는 선배에게 영은이는 오히려 어이없다는 표정으로 대꾸했다.

"거참. 인생 참 재미없게 사시네. 당연히 미끄러지려고 하는 거죠!"

순수한 기쁨의 얼굴들이었다. 팬티까지 흠뻑 젖어 달리는 기분은 형의 말대로 무척 자유로웠다. 그새 눈에 띄게 깊어진 진흙 웅덩이가 우리들이 뛰어야 하는 길마다 함정처럼 파여 있었지만 우리는 개의치 않고 웅덩이를 밟았다. 눈앞의 웅덩이는 피해야 할 것이 아닌 밟고 지나가야 할 길의 일부일 뿐이었다.

옷을 갈아입고 더그아웃에 나가 보니 하늘이가 펜스 앞에 서 있었다. 펜스 밖으로 손을 쭉 뻗고 있는 하늘이 옆에

서서 나도 나란히 손을 뻗었다. 빗방울은 손바닥에 머물지 않고 아래로 흘러버렸다.

"도통 그칠 것 같지 않네."

나는 어두운 하늘을 올려다보며 작게 한숨을 내쉬었다.

"갑자기 내렸으니까……"

무지개처럼 환한 하늘이가 나를 올려다보는 시선이 느껴져 고개를 내렸다.

"갑자기 그칠 수도 있지. 그렇지?"

빙그레 웃는 하늘이의 검은 눈동자를 가까이에서 볼 수 있는 것. 일단 오늘은 그것으로 충분하다는 생각이 들었다. 나는 하늘이의 앞머리를 가만히 헝클었다.

"집에 가자! 우산 없다며."

영은이가 우산을 펴 들었다. 연두 씨 뒷정리를 도와주고 갈 테니 먼저 가라는 하늘이에게 인사를 하고 우산 속으로 뛰어 들어갔다. 좁은 삼 단 우산 속에서 백곰 같은 녀석과 함께 움츠려 걸으려니 영 속도가 나지 않았다. 나는 못마땅하다는 표정으로 나를 빤히 쳐다보는 영은이를 지그시 바라보며 다 안다는 듯이 당연하게 말했다.

"응. 나도."

영은이가 허 참, 하며 코웃음을 쳤다. 종종걸음으로 어느새 정문에 다다랐다.

"편의점까지만 데려다주시죠, 마누라. 씻은 게 아까워서요."

"됐거든. 집까지 가. 멀지도 않은데 뭐 하러 돈을 써…… 오, 포르쉐!"

영은이가 내 팔꿈치를 툭 치며 가리킨 곳에는 포르쉐 911이 서 있었다. 영롱하게 빛나는 빨간색 차체에 빗방울이 튀어 오르는 모습이 꽤 멋졌는데 그보다 멋진 건 옆에 따로 있었다.

"와 씨, 간지 나네. 오늘부터 저 핸섬맨이 내 롤 모델이다."

키 크고 잘생긴 남자가 검은 우산을 쓰고 차 옆에 서 있었다. 흰 셔츠는 단추 두 개를 풀었고 소매는 무심하게 두어 번 접혀 있었다. 조금 헐렁한 진회색 바지 아래로 보이는 진갈색 스웨이드 로퍼를 보니…… 이 남자는 날씨 따위는 개의치 않는 삶을 산다는 것을 알 수 있었다. 나는 아랫입술을 내밀고 다소 애매하게 끄덕거렸다.

"뭐, 나쁘진 않네."

"근데 누구지? 저런 핸섬맨을 기다리게 하는 사람이? 야, 우산도 개멋있어."

"아무 무늬 없는 검은 우산이 뭐가 멋있어?"

영은이의 호들갑에 핀잔을 주긴 했지만 사실 나도 같은 생각이었다. 멋있다기보단 부티가 났다. 엄마가 전에 말했던 물티슈에서도, 팬티 고무줄에서도 난다는 부티. 그 부티 말이다. 나는 빠른 걸음으로 그 앞을 지나갔다.

"최민찬 선수?"

그때, 부티 나는 남자가 나를 불러 세웠다. 나와 영은이는 동시에 서로를 쳐다보며 고개를 갸웃거렸다.

"나?"

"그런 것 같은데?"

"왜?"

영은이는 잠깐 미간에 힘을 주고 뭔가 생각하더니 이내 '스카우터네' 하고 속삭였다. 영은이 말이 맞는 것 같았다. 인사하려고 뒤를 돌자 검은 뿔테 안경을 낀 스카우터의 입가에 옅은 미소가 걸려 있었다. 나는 모자를 벗고 꾸벅 인사를 했다. 나를 빤히 바라보는 그는 더 다가오지는 않았다. 적당한 말을 고르는 듯했다. '관심 가져주셔서 감사합니다' 인사를 하고 돌아서려는 찰나였다.

"잠깐 타지 않을래요? 비도 많이 오는데, 데려다줄게요."

"괜찮습니다. 걷는 게 좋습니다. 친구도 있고요."

"그러지 말고 타요. 할 이야기도 있고."

스카우터는 입꼬리를 억지로 올렸지만, 눈은 웃고 있지 않았다. 영은이가 내 귀에다 '야, 꼴값 떨지 말고 타고 가. 네가 언제 포르쉐를 타보겠냐?' 하고 속삭였지만 나는 그럴 마음이 들지 않았다.

"그럼, 친구랑 같이 타겠습니다."

"민찬 학생이랑 개인적으로 할 이야기가 있어요."

스카우터는 나를 향해 천천히 걸어오며 주머니에 손을 넣더니 빳빳하고 도톰한 종이 한 장을 꺼냈다. 그러곤 내 눈앞에 슥 내밀며 말했다. 그 목소리와 손짓에서 느껴지는 품위와 권위는 소름 끼칠 정도로 근사했다.

"최동우라고 해요."

최동우라는 그 이름까지도 말이다.

첫눈에 알아보는 상상을 나도 해본 적이 있다. 첫눈에 알아보는 꿈을 꾸기를 소망한 적도 있다. 하지만 둘 다 완벽하게 실패했다. 나에게 **엄마**는 '김사랑'이라는 이름 외에는 아무것도 남기지 않았기에 상상은 시작조차 될 수 없었기 때문이다. 나에게 **엄마**는, 슬프지만 실패한 상상. 눈앞에 나타난다면 첫눈에 알아보지 못해 미안한 상상이었다.

그러나 상상을 시도하지도 않아 실패해 본 적도 없는 아빠란 사람이 나타났을 때, 그가 그저 '최동우'라는 이름을 내뱉었을 때, 우습게도 나는 그가 내 아빠라는 걸 첫눈에 알아봤다. 빌어먹을.

운전하는 최동우의 옆모습을 꼼꼼하게 관찰하며 김 여사를 떠올렸다. 길쭉길쭉한 팔다리와 큰 키는 엄마를 닮았고, 쓸데없이 좋은 운동신경과 유연함은 아빠를 닮았을 것이라던 김 여사. 오이 비누 향이 나는 김 여사의 무릎에 누워 말하고 싶었다. 할머니, 그거 알아? 할머니가 틀렸어. 길쭉길쭉한 팔다리랑 큰 키는 아빠를 닮은 것 같아.

"민찬이, 뭘 그렇게 빤히 봐? 신기해?"

최동우가 씩 웃으며 물었다. 가지런하게 정돈된 웃음이었다.

"나도 신기해. 어떻게 한눈에 아빠인지 알아봤어?"

창문에 빗물이 분수처럼 튀어 올랐다. 포르쉐 911은 물웅덩이를 밟을 때 조수석 창문까지 물이 튀어서 영 별로라고 내일 영은이에게 알려줘야겠다고 다짐했다. 롤 모델에서 포르쉐는 빼는 게 좋을 것 같다고 말이다. 대답을 기다리는 최동우의 눈길이 느껴졌다.

"뻔한 거 아닌가. 클리셰 범벅이잖아요. 갑자기 찾아온 최씨 성을 가진 낯선 남자. 심지어 비 오는 날."

최동우는 납득했는지 고개를 진득하게 끄덕였다.

"엄청 시니컬한 청소년이구나, 민찬이. 그래. 만나서 반갑다는 말로 받아들일게."

받아들이든 말든 별로 중요하지 않았다. 내키는 대로 오역하는 최동우의 해석을 일일이 교정하기에 나는 충분히 고단한 하루를 보냈고, 꼭 확인해야 할 것도 남아 있었다.

"저기요, 혹시 야구했었어요?"

"오, 티가 나? 아니면 이것도 클리셰로 알아본 건가? 야구선수의 아빠니까?"

"투수요, 타자요?"

"타자. 치는 걸 더 잘했지."

'제길'이 터져 나오려는 입술을 꽉 깨물었다. 아니, 아직 속단하기는 일렀다. 최동우는 흔한 이름이었다. 나는 숨을 작게 골랐다. 아직 한 발이 남아 있었으니.

"김사랑, 어디서 만났어요?"

"유학 가서 만났어. 원래 고등학교 동창이었는데, 재회했지. 운명처럼."

최동우는 한동안 김사랑을 만나고, 사랑하고, 헤어졌던 본인의 처절하고도 아름다운 운명에 관해 이야기했다. 김사랑의 갑작스러운 이별 통보에 세상이 무너지고, 몇 년을 폐인으로 살다가 겨우 정신 줄을 붙들어 매 그 어렵다는 변호사 시험에 한 번에 합격한 인간 승리다운 운명에 관해 이야기했다. '최민찬'이란 인간이 세상에 존재한다는 것도 모르고 살다가 우연히 티브이에서 자신과 똑같이 생긴 십 대 야구선수를 발견하고는 온몸에 전율을 느끼는 경험을 한 신비로운 운명에 관해서도 이야기했다. 최동우는 그 모든 것을 '드라마틱한 운명'이라고 명명하고는 만족스러운 표정을 지었다. 드라마틱한 운명의 주인공이 된 자신이 썩 마음에 든다는 듯이 말이다.

운명. 그렇다면 내 운명엔 어떤 이름을 붙일 수 있을까. 겨우 만난 첫 엄마의 꿈을 빼앗고 사랑마저 빼앗아 간 원수를 아빠로 둔 나의 운명은 어떤 운명일까. 그렇다면, 자신의 꿈을 빼앗고 사랑마저 빼앗아 간 원수의 자식을 아들로 둔 엄마의 운명은 또 어떤 운명일까. 우리 둘의 운명은 같은 이름을 가졌을까, 다른 이름을 가졌을까.

"음, 민찬이를 무척 보고 싶어 하는 할아버지가 계셔. 민찬이만 괜찮으면 조만간 할아버지께 인사드리러 가자."

한참을 돌아 겨우 도착한 집 앞에는 커버로 덮어둔 엄마의 스쿠터가 축축하게 비를 맞고 있었다.

"야구를 잘하고 시니컬한 최민찬 군. 좋아하는 음식은

뭔지 물어봐도 될까? 식단 짤 때 이모님께 부탁드리려고 해. 그리고 할아버지께서 민찬이 개인 트레이너를 구해놓으셨다니까 조언 많이 받을 수 있을 거야."

"계란이요."

안 그래도 조심스러웠던 최동우의 목소리가 완전히 사그라들었다.

"전 계란이 좋아요."

나는 포르쉐 911의 차 문을 벌컥 열었다. 아직 그치지 않은 비가 차 안으로 들이쳤다.

"트레이너도, 이모님도, 식단도 필요 없어요. 저희 엄마가 상당히 멀티플레이어라. 그럼."

나는 최동우의 대답을 듣지 않고 문을 쾅 닫았다. 그리고 엄마가 기다리고 있을 우리 빌라의 4층으로 단숨에 뛰어올라갔다.

엄마의 애니는 김사랑. 이름이 닳을까 봐 함부로 부르지도 못했던 엄마의 지독했던 첫사랑은 김사랑. 나는 김사랑의 아들 최민찬.

집에 들어가 신발을 벗으니 욕실에서 들리던 물소리가 멈췄다.

"왔어? 비 안 맞았어?"

욕실 안에서 울리는 엄마의 목소리가 습기 때문인지 평소보다 낮게 들렸다.

"네. 우산 있었어요."

그냥 안 맞았다고 하면 될 텐데 쓸데없는 거짓말이 튀어나왔다. 우리 집에 딱 두 개뿐인 투명 우산은 바싹 마른 채 신발장 안에 있을 것이다. 엄마가 욕실 안에 있어서 내 표정을 볼 수 없는 게 천만다행이었다.

"다행이네. 배는?"

"안 고파요. 엄마는 교육 잘 받고 왔어요?"

"응. 강원도 평창 씨가 안부 전해달래. 네 경기 보고 싶은 것 같더라."

닫힌 문 뒤에 숨어 있는 엄마의 표정을 볼 수 없다는 것도 천만다행이었다.

"저 들어가서 쉴게요. 좀 피곤해요."

"안 씻어?"

"훈련하고 씻고 왔어요. 주무세요."

"응. 굿 나잇."

다시 물줄기가 쏟아지는 소리를 들으며 방으로 들어가려다 살짝 열린 엄마의 방문 앞에서 걸음을 멈췄다. 문틈으로 보이는 방은 평소와 같았다. 나는 방문을 슬그머니 열고 안으로 들어갔다. 침대 위에는 정리되지 않은 흰색 피케 셔츠와 회색 면 티셔츠가 아무렇게나 널브러져 있었다. 빨래 바구니에 넣어놓으려고 옷을 차례대로 집어 들었다. 그러다 흰색 피케 셔츠를 집는 순간 동작을 멈춘 나는 다시 옷을 침대 위에 내려놓고 밖으로 나왔다.

그 티셔츠에는 명백히 엄마의 것이 아닌 향이 미처 사라지지 못한 채로 어정쩡하게 남아 있었다. 상쾌하고 고급스러운 여자 향수의 향이었고, 나는 그 향을 어디서 맡았는지 쉽게 기억해 낼 수 있었다.

주말 내내 지긋지긋하게 비가 내렸다. 시간당 50밀리미터 이상 쏟아지는 폭우였다. 엄마와 나는 평소처럼 함께 밥을 먹고 티브이를 보고 시시한 농담 따먹기를 했다. 하지만 오가는 농담 사이에 무언가 빠져 있었다. 아니, 무언가 더해져 있었다. 선. 엄마와 나 사이에 슬며시 사라지기 시작했던 선, 완전히 사라질지도 모른다고 기대했던 선, 그 선이 다시 생긴 것이다.

엄마의 방문은 자주 닫혔고, 나는 자주 집 밖으로 나섰다. 계란말이의 가장 도톰한 부분을 내 밥 위에 얹어주는 엄마의 젓가락을 보며 짐작하고 싶지 않은 것들을 떨쳐내려 애썼다. 최동우에게서 온 다섯 개의 카톡에는 답장하지 않았다.

7.
인류애의 세계

월요일, 5교시를 마친 뒤 매점에 가자는 영은이를 겨우 떼어놓고 운동장 등나무 벤치로 갔다.

나는 휴대폰을 들고 잠시 망설이다가 유튜브에 '최동우 변호사'를 검색했다. 동그란 프로필 사진 속에는 검은색 정장을 말쑥하게 차려입고 팔짱을 낀 최동우가 믿음직한 미소를 짓고 있었다. 금요일에 봤던 반듯하게 정돈된 미소는 잘 연마된 기술 같았다. 구독자가 3만 명 남짓인 최동우의 계정 소개에는 '여러분의 과거와 현재와 미래를 굳건히 지키겠습니다'라고 적혀 있었는데, '현재'와 '미래'까지는 납득할 수 있었으나 '과거'를 지키겠다는 말은 도무지 이해할 수 없었다.

100개가 넘는 동영상이 업로드되어 있었다. 주인공은 당연히 최동우였다. 돈 빌리고 안 갚는 친구를 혼쭐내는 변호사 최동우, 맞기만 했는데 쌍방 폭행을 주장하는 학교폭력 가해자를 혼내주는 변호사 최동우, 〈오징어 게임〉이 현실에서 말이 안 되는 이유를 설명하는 변호사 최동우, 가장 조심해야 하는 인간 유형을 알려주는 변호사 최동우. 나는 화면을 내려 각종 최동우들을 빠르게 훑어보다가 휴대폰을 바지 주머니 속에 넣었다. 한숨이 나왔다. 못해도 오늘 하루에만 한숨을 스무 번은 쉰 것 같았다. 숨을 쉬고 있어도 계속 숨이 모자라는 답답한 기분이었다.

"너답지 않게 웬 한숨?"

여름 체육복을 입은 하늘이였다. 늘 그렇듯 맑게 갠 나의 쭈쭈친구. 나는 한 손을 살짝 올렸다가 내렸다.

"이렇게 더운데 운동장 체육?"

내가 손으로 툭툭 친 옆자리에 앉으며 하늘이는 '학주가 체육하기 딱 좋은 계절이래, 살 쭉쭉 빠진다면서'라고 삐죽거렸다. 체육복을 입은 하늘이는 교복을 입었을 때보다 더 작은 사람 같았다. 운동회 때 박 터트리기 하는 초등학생같이. 그렇다. 이 와중에도 하늘이는 엄청 귀여웠다는 말이다. 나는 왼쪽 어깨를 천천히 돌렸다. 하늘이가 종달새처럼 종

알거렸다.

“그래도 비 그쳐서 짱 좋다. 주말 동안 바람도 거의 허리케인 수준 아니었어? 나 어제 연두 씨랑 네 우산 쓰고 마트 가다가 우산 세 번이나 뒤집혔잖아. 살 하나 부러진 건 내가 한 거 아니다! 원래 부러져 있었어.”

“내 우산?”

그러고 보니 신발장에 우산이 하나밖에 없었다.

“내가 언제 우산 빌려줬었나?”

오히려 하늘이가 나보다 더 의아한 표정을 지었다.

“너희 어머님이 빌려주셨는데? 금요일에 어머님 못 만났어? 영은이랑 너랑 더그아웃 나가자마자 오셨어. 너 우산 안 들고 갔다고.”

순간 젖어 있던 엄마의 회색 티셔츠가 떠올랐다. 나는 아무 말도 할 수 없었다. 대답이 없자 하늘이는 고개를 갸웃거리며 말을 이었다.

“우리 엄마 자동 우산이 고장 나서 너희 어머님이 하나 빌려주셨거든. 두 개 가져오셨더라고. 그중에 큰 거 우리 주시고 작은 거 들고 뛰어가시던데.”

그때 수업 시작을 알리는 종소리가 울렸다. 하늘이는 서둘러 벤치에서 일어났다.

"장정 둘이 큰 거 쓰시라고 하니까 너희 어머님이 뭐라고 하셨게?"

하늘이는 생각만 해도 웃긴다며 목소리를 큼, 하고 가다듬고는 낮고 울림 있는 엄마 목소리를 흉내 냈다.

"비 오는 날 낭만 알아요? 작은 우산을 어깨 한쪽씩 젖어가며 나눠 쓰는 낭만. 그거 느끼기에 인류애가 딱 좋은 파트너지."

결코 젖을 수 없는 요새 같은 포르쉐 911에 올라타는 나를 보던 엄마의 우산 속 낭만은 젖었을까, 젖지 않았을까.

수업을 마치고 휴대폰을 열어보니 카톡이 와 있었다. 엄마였다.

인류애, 정문으로 나와.
최동우랑 같이 있어.

예상과 정반대였다. 심각한 엄마와 인자한 얼굴을 한 최동우를 예상했는데, 정문 앞에는 즐거워 보이는 엄마와 근심이 가득해 보이는 최동우가 서 있었다. 나는 엄마와 눈을 맞추고는 최동우를 향해 모자를 벗고 인사했다. 최동우는 그제야 살며시 미소를 지었다.

"그럼, 갔다 와, 인류애. 감독님한테는 연습 좀 늦는다고 말씀드려 놨어."

엄마는 티셔츠 목 부분에 걸어뒀던 선글라스를 꼈다. 오후 4시지만 햇살이 여전히 눈부셨다. 찜통 같은 더위에도 최동우는 유튜브에서 튀어나온 것 같은 정장 차림이었다. 내가 운전석에 앉는 최동우를 멀뚱히 보고만 있자, 엄마는 내 어깨를 툭 두드리며 조수석 문을 열었다. 어우, 차 상당히 좋네, 이거 바람만 맞아도 기스 나는 거 아니야? 아스팔트에 붙어서 달리는 기분은 어때, 아따, 최동우 성공했네, 같은 말들을 따발총처럼 내뱉는 엄마는 무슨 일인지 한껏 들떠 보였다.

"어디 가는데요?"

나는 최동우가 아닌 엄마에게 물었다. 엄마는 나를 조수석으로 밀어 넣고는 허리를 숙여 가까이 다가왔다.

"할아버지한테. 인사는 정중하고 예의 있게. 알지?"

나는 왜냐고 묻는 대신에 엄마는요, 하고 물었다. 엄마는 쓸데없는 걸 묻는다는 표정으로 이마에 주름을 만들며 대답했다.

"짜샤, 이 차 두 명밖에 못 타! 트렁크에도 못 타! 트렁크가 좁아터져서!"

그리고 내 귀에 속삭였다.

"'느좋남' 흉내 대박. 허세 극혐."

풉, 하고 터져 나오는 웃음을 가까스로 참는 나를 보며 엄마도 함께 웃었다. 우리 둘을 못마땅한 표정으로 쳐다보는 최동우에게 엄마는 '가라' 하고 말한 뒤 조수석 문을 닫았다. 차는 바로 출발했고, 사이드미러 속의 엄마는 한참을 그 자리에 서 있었다. 뭐가 그리 좋은지 활짝 웃는 엄마를 보며 나는 다시 한번 피식 웃었다. '좋댓구알'도 모르면서. 무슨 뜻인지는 알고 쓴 건가. 빨리 집에 가서 물어봐야지. 나머지 이야기는 천천히 해도 괜찮을 것 같았다.

"민찬이, 답장 좀 해주지. 네가 연락 없어서 엄만호한테 했잖아."

최동우는 엄만호에게 연락한 게 무척 자존심 상한다는 말투였다. 나는 포르쉐 911의 뒷자리를 힐끔 쳐다봤다. 역시 사람이 앉기는 힘들어 보였다. 그럼 뒷자리를 왜 만든 거야? 진짜 허세 대박이네.

"앞으로도 제가 연락 '안' 받으면 엄마한테 하시면 돼요."

"엄마?"

"네. 엄마요."

더 이상 말을 섞고 싶지 않아서 창밖으로 시선을 돌렸

다. 포르쉐 911의 속도가 점점 빨라졌다. 최동우도 더 이상 나에게 말을 걸지 않으려는 듯 라디오를 켰다. 나는 라디오에서 흘러나오는 클래식 FM을 들으며 윤종신을 생각했다.

용남구청처럼 비장하지는 않았지만, 아무것도 모르는 내가 봐도 멋들어진 건물이었다. 엘리베이터 앞에서 최동우는 어째서인지 버튼을 누르지 않고 계속 안경을 고쳐 썼는데, 고쳐 쓸수록 오히려 잘못된 자리로 가는 것 같았다. 나는 엘리베이터 버튼을 누르고 안으로 들어가 최동우에게 물었다.

"몇 층이에요?"

"아, 8층."

가장 꼭대기 층이었다. 엘리베이터 문이 열리자 비서처럼 보이는 분이 양쪽 입꼬리를 올린 채 서 있었다.

"변호사님, 어서 오세요. 최민찬 선수, 네이선 회장님께서 기다리고 계십니다. 이쪽으로."

나는 꾸벅 고개를 숙인 다음 오른쪽 복도 끝으로 걸어가는 비서님 뒤를 따라갔다. 그녀는 'Chairman'이라고 각인된 짙은 갈색 문 앞에 우리를 데려다 놓고 싱긋 웃더니 본인의 자리로 돌아갔다. 바닥에 깔린 금빛 카펫 때문인지 구두 굽

소리는 들리지 않았다.

문은 직접 밀어보지 않아도 매우 무겁고 단단해 보였다. 벽 같기도 했다. 나는 'Nathan. Choi'라는 은빛 표찰을 바라보며 최동우가 노크하길 기다렸다. 하지만 이상하게도 최동우는 얼굴이 하얗게 질려서 바짝 마른 입술에 침만 연신 발라대고 있었다. 유튜브에서 봤던 여유 있고 당당한 모습과는 딴판이었다.

"뭣들 해! 안 들어와?"

거대한 문 안쪽에서 허스키하고 높은 목소리가 소리쳤다. 허리케인에 철컥대는 고철 표지판 소리 같았다. 결국 그 문을 연 사람은 최동우가 아닌 나였다.

문이 열리자 서늘한 공기와 함께 커다란 음악 소리가 봇물 터지듯 밖으로 쏟아져 나왔다. 과녁판처럼 세워둔 둥근 스피커에서 나조차도 멤버 이름은 다 알지 못하지만 한참 인기 있는 아이돌의 노래가 흘러나오고 있었다.

3미터는 족히 될 것 같은 높은 층고에 벽면은 모두 통유리였다. 사무실 안으로 들이치는 무지막지한 한여름의 태양도 이 방 안에서는 그냥 무대조명처럼 느껴졌다. 백발에 포마드를 발라 뒤로 넘긴 남성이 골프 연습을 하고 있었다. 저 사람이 최동우의 아빠이자 내 할아버지란 말이지.

"아버지, 저희 왔어요. 민찬이, 할아버지께 인사드려야지."

나는 엄마 말대로 최대한 정중하고 예의 있는 태도로 회장님에게 인사했다. 하지만 회장님은 음악에 맞춰 어깨를 들썩이면서 음악의 후렴구를 따라 부르는 데 열중했다. 나와 최동우는 어떻게 반응해야 할지 몰라서 벽에 걸린 알록달록한 그림들을 진지하게 바라보는 척했다. 다행스럽게도 아이돌은 곧 퇴장했고, 회장님은 한껏 아쉬운 표정으로 잔디에서 내려와 음악 소리를 줄였다.

"앉아. 왜 멍청하게 서 있어?"

최동우가 카페에서 사 온 커피를 회장님에게 건넸지만, 회장님은 탁자 위에 있던 에비앙 생수의 뚜껑을 따서 들이켰다. 최동우의 입술이 파르르 떨리는 게 보였다. 회장님은 눈을 감고 흘러나오는 발라드 음악을 감상했다. 최동우도 나도 쳐다보지 않았다. 참 듣도 보도 못한 캐릭터네. 흥미롭게 지켜보는 나와는 달리 최동우는 회장님의 침묵을 견디기 힘들어 보였다. 연신 안경을 고쳐 쓰며 안절부절못하는 최동우는 안쓰러울 정도였다. 드디어 회장님이 눈을 뜨고 최동우를 쳐다봤다. 아니, 그냥 쳐다본 게 아니라 형편없다는 듯이 쳐다봤다. 그러자 최동우는 준비해 온 듯한 말을 읊었는데, 유튜브에서 봤던 변호사 최동우가 아닌 회초리를 쥔 아빠 앞에서 주눅 든 다섯 살짜리 꼬마 최동우 같았다.

최동우는 연신 회장님의 눈치를 보며 상황을 설명했다. '할아버지께서' 감사하게도 나를 호적에 넣어준다고 하셨고, '할아버지께서' 내가 세계 최고의 투수가 될 수 있도록 모든 뒷받침을 해준다고도 하셨고, '할아버지의 손자로' 좋은 환경과 실력 있는 코치 밑에서 계란 따위가 아닌 최고급 단백질이 포함된 운동선수 맞춤형 식단을 섭취하며 훈련에만 집중할 수 있도록 해준다고 하셨으니, 이를 엄청난 행운으로 생각해야 한다고 말이다. 그러나 회장님은 최동우의 말이 채 끝나기 전에 나를 불렀다. 더 이상 못 들어주겠다는 듯이, 따분해 죽겠다는 표정이었다.

"야, 됐고. 어이, 민찬이. 너 성이 뭐야."

나는 대답했다.

"최 씨입니다."

회장님은 처음으로 내 눈을 쳐다봤다. 나도 그 눈을 똑바로 봤다. 눈빛 결투에서 질 수는 없었다. 눈을 피하는 순간 승리의 기세는 상대에게로 흐르는 법이었다.

"말 끝났지. 뭐가 더 필요해? 너는 최민찬. 나는 네이선 최. 너는 내 새끼야. 네이선 최의 피를 가진 최민찬. 그걸로 끝. 내 밑으로 들어와. 잔말 말고."

뒷골이 찌릿하며 승부욕이 불탔다.

"감사하지만, 저는 이미 가족이 있습니다."

"가짜지, 그건."

"죄송하지만, 증명할 서류가 있습니다."

"에헤이. 저기요, 최 선생님. 말씀은 제대로 하셔야지. 피가 섞여야 가족이지. 그런 건 핏줄 앞에서 아무런 힘이 없어요. 어이, 최변. 얘 내 거냐, 아니냐?"

미간을 한껏 찌푸린 회장님이 최동우를 돌아보자, 최동우는 회장님 입맛에 맞는 대답을 찾는지 머뭇거렸다. 회장님은 답답하다며 고개를 젓고는 다시 나에게로 시선을 돌렸다.

"저는 누구의 것도 아닙니다. 최민찬입니다."

회장님은 나를 보며 씩 웃었다. 의미를 알 수 없는 미소였다.

"그래? 제법 꼴통이네. 알겠고. 유전자 검사 결과 나오면 바로 집으로 들어와. 민찬이, 그동안 몸 관리 잘하고."

"유전자 검사는 받지 않겠습니다."

회장님은 코웃음을 쳤다.

"이미 검사 넘겼는데? 엄만호, 네 '가족'이란 놈이 머리카락 줬어."

특별히 신경 쓰지 않아도 부드럽고 끈적하게 닫히는 문을 뒤로하고 집무실 밖으로 나왔다. 그럴 일 없겠지만 아까보다 한참 길어진 것 같은 복도를 걸으며, 복도에서 나는 상쾌하고 고급스러운 향기에 대해 생각했다. 며칠 전 엄마 옷에서 맡았던 바로 그 향기였다. 내 판단이 잘못됐었다. 그건 여자의 향기가 아니라 부자의 향기였다.

최동우의 포르쉐 911은 훈련 시간에 딱 맞춰 학교에 도착했다. 엄마는 교문 앞에서 나를 기다리고 있었다. 마침 '더위사냥' 껍질을 까고 있던 엄마는 내가 최동우와 함께 차에서 내리자 아이스크림을 반으로 쪼갰다. 그중 큰 조각을 웃으며 내밀었지만 나는 아이스크림을 받지 않았다.

"왜 자꾸 웃어요? 뭐가 좋아서 웃어요?"

엄마는 멀뚱한 표정으로 나를 쳐다봤다. 차갑게 식은 내 표정을 알아차렸을 것이다. 최동우가 내 어깨에 손을 올렸다. 아까 보인 모습이 창피했는지 차 안에서는 내내 말이 없었다. 나는 뒤를 돌아 최동우에게 말했다.

"이번 주 금요일에 청백전 있는데 오실 수 있어요?"

최동우의 낯빛이 급속도로 환해졌다.

"그럼, 당연하지! 민찬이가 오라는데 무슨 일이 있어도 가야지. 꼭 갈게. 몇 시?"

"6시요."

나는 엄마의 아이스크림을 쳐다봤다.

"엄만호 씨는 오지 않으셔도 됩니다."

엄마는 녹기 시작해 껍질을 타고 흐르는 아이스크림을 서둘러 핥은 뒤 아무렇지도 않은 목소리로 말했다.

"그래? 그래라, 그럼."

양손에 아이스크림을 들고 번갈아 가며 먹는 엄마는 뜨거운 국밥을 먹는 것처럼 허어, 허어, 큰 소리로 숨을 내뱉었다. 오늘 엄마의 숨은 별로 따뜻해 보이지 않았다. 선수들이 달리는 소리가 멀리서 들려왔다.

"청백전 날에 봐요."

나는 잠시 말을 멈췄다. 중요한 공을 던지기 전에는 한 템포 쉬는 게 좋은 법이다.

"아빠."

최동우를 꼿꼿하게 쳐다보고 말했지만 내 공이 향한 곳은 그가 아니었다. 엄마였다. 나는 스트라이크가 제대로 꽂힌 엄마의 눈빛을 확인하며 유유히 운동장으로 향했다.

* * *

한참을 뒤척이다가 어스름한 기운이 돌 때쯤에야 겨우 잠이 들었던 나는 반갑지 않은 알람 소리에 어기적대며 방 밖으로 나왔다. 잠결에 엄마를 부르다가 화들짝 놀라 손바닥으로 양 볼을 툭툭 쳤다. 정신 차려, 최민찬. 지금은 엄마가 아니라 엄만호 씨라고. 결연하게 마음을 다잡았다. 하지만 집 안에서는 아무 소리도 나지 않았다. 식탁 위에 삶은 계란 다섯 알과 함께 딱지 모양으로 가지런히 접어둔 쪽지가 보였다.

'덕분에 간만에 휴가!'

부르지 않기 위해 애쓸 대상이 없어진 집은 한겨울의 싸늘한 강물 같았다. 나는 계란을 손에 쥐어봤다. 아직 충분히 따끈했다.

"헐, 대박 사건. 간식으로 아웃백 토마호크 실화임?"

"민찬이 어머님이 친구를 상당히 잘 두셨네. 어이, 에이스. 어머님 휴가 갔다 언제 돌아오셔? 설마 가까운 데로 가신 건 아니겠지? 멀리 가셨지? 그렇다고 대답해. 어서!"

라커 룸을 가득 채우는 인어공주들의 환호 섞인 호들갑

을 뒤로하고 나는 슬며시 라커 룸을 빠져나왔다. 재미없었다. 그냥 다 재미가 없다는 생각이 머리를 가득 채웠다. 벤치에 털썩 앉아 열어본 휴대폰에는 카톡이 두 개 와 있었는데 모두 최동우였다. 미리보기로 확인한 메시지는 전부 미안하다는 내용이었다.

최동우는 오늘도 직접 간식을 가지고 오겠다는 약속을 어겼다. 벌써 세 번째였다. 급한 상담이, 급한 촬영이, 급한 행사가 잡혔다는 최동우는 유튜브 동영상 속 골프장 카트에 앉아 있었다. '골프 치다 앞 팀과 싸움이 붙어 폭행한 경우의 배상책임'을 논하는 최동우는 자신감으로 충만했다. 영상 속 최동우는 회장님 앞의 최동우와 완벽하게 다른 사람처럼 보였다.

엄마는 휴가를 가며 최동우에게 야구부 간식을 부탁한 것 같았다. 엄마가 떠난 날 아침, 최동우에게 간식으로 먹고 싶은 게 있는지 묻는 카톡이 왔다. 아무거나 상관없다는 나의 대답에 최동우는 이렇게 답했다.

> 양질의 소고기로 만들었다면 버거도 괜찮겠지?
> 할아버지께서 민찬이 식단 철저히 챙기라고 당부하셨어.

최동우는 모든 연락을 카톡으로만 했다. 카톡으로 하기엔 적합하지 않은 긴 내용도 노란색 대화창 안에서 읊었다. 나는 최동우의 완벽하게 정제된 문장을 읽으며 그의 표정을 짐작하려고 했지만, 잘되지 않았다. 최동우는 '미안해'라고 말하는 게 아니라 '미안해'라는 단어를 출력하는 인공지능 같았다. 중요한 말일수록 '얼톡'을 해야 한다는 엄마의 말을 이제야 이해할 수 있었다.

최동우는 말끝마다 '할아버지께서'를 붙였다. 그렇게 하면 할아버지께서, 그렇게 하지 않으면 할아버지께서, 그렇지만 할아버지께서, 그래도 할아버지께서, 그러니까 할아버지께서……. 겉으로 보기에 직업도, 외모도, 배경도 부족할 것 없이 차고 넘쳐흐르는 최동우, 평범한 사람들이 갈망하는 모든 것을 가진 최동우에게도 없는 게 있었다. 바로, 최동우 자신이었다. 그리고 최동우를 존재 자체로 그저 지켜봐 주는 사람도. 사람에게 가장 필요한 두 개를 갖지 못한 그는 그저 화면 속에만 존재하기로 한 것 같았다. 최동우가 인공지능처럼 살게 된 이유를 알 듯해 나는 조금 쓸쓸해졌다. 최동우는 아들을 찾은 게 아니라 아빠의 손자를 찾아드린 것일지도 몰랐다. 뭐가 됐든 나는 상관없었다. 내 스트라이크존 안에 들어오지 않는 일이었다. 어림없이 높게 빠지는 볼처럼 흘러가게 내버려두면 되는 일이었다.

내 스트라이크존은 오직 엄마에게 집중됐다.

엄마는 왜 내 머리카락을 몰래 회장님에게 넘겼는지. 엄마는 왜 최동우의 차를 타고 회장님에게 가는 나를 보며 평소보다 한층 더 밝게 웃었는지. 엄마는 왜 내가 최동우를 만났다는 것을 알면서도 모르는 척했는지.

그 모든 '왜'들 뒤에는 무엇이 있는지. 또, 그 모든 '왜'들이 가리키는 미래에 우리는 아보카도가 틔워낸 싹을 함께 볼 수 있을지.

"배 안 고파?"

내 옆자리에 앉은 하늘이가 감자샐러드를 한 스푼 크게 떠서 입에 넣어줬다. 짧았던 머리카락이 어느새 많이 자랐는지 높게 묶여 있었다. 아기 도깨비처럼, 귀엽게.

"너희 어머님이 해주신 것보다 별로다, 그치."

나는 입안의 감자를 빠르게 씹어 넘겼다.

"이게 훨씬 맛있지. 이건 전문가가 한 거잖아. 우리 엄마는 야매인데."

"그래? 난 야매 입맛인가 봐."

다시 샐러드 한 스푼을 내 입에 넣은 하늘이는 앞만 바라보는 내 옆얼굴을 빤히 쳐다봤다. 뭔가를 눈치챘는지 하고 싶은 말이 있는 것 같았다.

"엄마 언제 돌아오셔? 내일 청백전 오셔?"

나는 고개를 저었다.

"아마 안 올 거야."

나를 바라보는 하늘이의 눈빛이 느껴졌다.

"내가 오지 말라고 했거든."

"오실 거야."

하늘이의 목소리에 새벽녘 울리는 성당의 종소리처럼 또렷한 확신이 묻어났다.

"아닐걸."

"아냐, 오셔."

"안 와. 네가 모르는 어른들의 세계라는 게 있단다, 꼬맹아."

나는 하늘이의 높이 묶인 머리카락 뭉치를 손가락으로 튕겼다. 머리카락이 하늘을 향해 찰랑거렸다.

"오셔. 네가 이렇게 애타게 기다리는데 안 오실 리가 없어. 내가 아는 너희 엄마는 그래."

"내가 언제 애타게 기다렸어!"

이번엔 하늘이가 내 이마 한가운데를 손가락으로 튕겼

다. '딱' 하는 묵직한 소리가 뜻밖에도 후련했다.

"네가 모르는 인류애의 세계라는 게 있단다. 이 왕년의 돌부처야."

'어른들의 세계' 대 '인류애의 세계'라.

"매니저! 감독님이 찾으셔. 방학 훈련 표 작성한 거 달라고 하시는데?"

눈치가 없는, 아니, 사실은 눈치가 아주 빠른 것 같은 영은이가 기름이 잔뜩 묻어 번들거리는 입술을 하고서 빼꼼 얼굴을 내밀었다. 하늘이는 아차, 깜빡했다, 하며 감독님에게 달려갔고 영은이는 하늘이의 꽁무니를 쫓았다.

나는 벤치에서 일어나며 하늘이가 말한 인류애의 세계, 내가 아직 도달하지 못한 미지의 세계를 상상했다. 그때, 휴대폰 진동이 울렸다.

민찬아, 오늘은 정말 미안했어. 다시 한번 진심으로 사과할게. 내일은 아빠가 경기 시작하기 30분 전에 도착할 수 있을 것 같아. 참, 좋은 소식! 유전자 검사 결과 나왔어. 일치한대. 당연한 거지만 조금 울컥했지 뭐야. 할아버지께서 내일 경기 끝나면 집으로 같이 오라고 하셨어. 우리 가족, 축하 파티 하자. 고마워, 아들. 앞으로 잘 부탁해.

노란 네모 창의 거대한 크기만으로도 알 수 있었다. 어른들의 세계가 보낸 카톡이었다.

8.

달의 10번 출구

"긴말 필요 없고. 봉황대기, 전국체육대회. 딱 두 대회 남았다. 너희를 보여줄 수 있는 시간이 별로 남지 않았다는 거야. 만약 그 시간 안에 실력을 보여주지 못한다면,"

유니폼 안에 꽉 낀 감독님의 두툼한 배를 응시하던 부원들의 시선이 감독님의 얼굴로 옮겨갔다.

"앞으로 너희가 야구를 할 수 있는 시간은 영원히 없다."

영원히 없다. 그 말이 부원들의 심장 깊은 곳에 전류를 흘린 것 같았다. 모두의 눈에 한순간 섬광이 지나갔다.

"미리 공지했다시피 오늘은 청백전이다. 팀 나눠뒀으니까 오더지 확인하고 5분 내로 운동장에 집합한다. 팀 내 연습 경기라고 대충 할 생각은 안 하는 게 좋을 거다. 오늘 이긴 팀 구성이 봉황기 첫 게임 오더 짜는 데 크게 영향을 미칠 거야. 매니저, 오더지 보드에 붙이고. 이상!"

하늘이가 결재판에 꽂아둔 종이를 화이트보드에 붙이자, 부원들은 보드 앞으로 일제히 몰려들었다. 오늘만큼은 하나의 팀이 아닌 두 개의 팀으로 나뉘어 '영원'을 놓고 다퉈야 하기에 다들 전에 없이 진지해 보였다. 나와 영은이는 모든 부원이 퇴장한 뒤 마지막으로 오더지를 확인했다.

나는 청팀, 영은이는 백팀이었다. 청팀은 1학년, 백팀은 3학년으로 구성되어 있었는데, 팔꿈치 부상을 입은 3학년 포수 선배 대신 영은이가 들어간 모양이었다. 주전 포수인 영은이를 데려갔으니 오히려 백팀에 유리해진 셈이었다. 팔짱을 끼고 심각한 표정으로 오더지를 쳐다보는 영은이는 입을 꾹 다물고 있었다. 영은이의 등을 툭툭 두드렸지만, 굳어진 표정은 풀리지 않았다. 나는 영은이의 어깨에 팔을 두르는 척하다가 헤드록을 걸었다. 그제야 영은이는 어쩔 수 없다는 듯이 픽 웃으며 내 옆구리를 주먹으로 쳤다.

"나가자. 전 마누라."

우리는 서로 다른 영원이 예정된 그라운드로 향했다.

예상했던 대로 최동우는 오늘 오전에 급한 회의가 생겼

다며 제시간에 도착하지 못할 것 같다는 카톡을 보냈다. 경기 끝나기 전에는 꼭 오겠다고, 끝나는 대로 집으로 가서 성대한 파티를 하자는 말도 덧붙였다. 나는 실망하지 않았다. 최동우의 회의가 무탈하게 진행되기를 바라는 마음이 들기도 했다.

실망은 다른 곳에 있었다. 급식을 먹고 일찍 교실로 돌아온 나는 휴대폰을 열었다. 내내 고민하다 용기를 냈지만 그래도 망설여졌다. 작게 심호흡을 한 뒤 통화 목록에서 '엄마'를 찾아 발신 버튼을 눌렀다. 신호음이 수신음으로 바뀌는 약 2초가 영겁 같았다. 그리고.

'전화를 받을 수 없어 소리샘으로 넘어갑니다'라는 음성과 동시에 엄마에게서 메시지가 도착했다.

- 근무 중이라 전화를 받을 수 없습니다.

그렇다. 내 실망은 그곳에 있었다. 엄마의 '근무'가 이제 '최민찬'만의 것이 아니라는 사실.

찢어진 그물망 수리 때문에 경기가 조금 지연되어서 더그아웃에 여유가 느껴졌다. 그물에 구멍이 생기면 빠른 공이 빠져나가 관객이 다치는 경우가 종종 있었기에 반드시 보수해야 했다. 영은이가 선수들의 용품을 정리하는 하늘이 옆으로 다가가더니 파란 이온음료 뚜껑을 땄다.

"매니저, 오늘 어느 팀 응원할 거야?"

대수롭지 않은 척 물었지만 영은이의 속내를 모를 수가 없었다. 나는 자연스럽게 아이스박스로 향하면서 당나귀만큼 커진 귀로 하늘이의 대답을 기다렸다.

"나는 LG트윈스."

하늘이답네. 피식 웃음이 나왔다. 영은이는 맥 빠진 표정으로 음료를 벌컥벌컥 들이켰다. 영은이의 승리 루틴인 파란색 음료였다.

"파란 음료를 드신다 이거지. 이기려나 보네."

"질 수는 없잖아. 너도 그럴 테지만."

대답이 필요 없는 순간도 있는 법이었다.

"이겨라."

사뭇 비장함이 느껴지는 영은이의 말에 나는 고개를 작게 끄덕였다.

"이길게. 너 없이 이기면 무지 서운하겠지만. 나 없이 이기는 널 보는 건 더 서운할 것 같으니까."

"핑계야?"

"진심이야."

나는 모자를 고쳐 쓰며 뒤돌았다.

"근데 아까부터 좀 신경 쓰이는데, 저 목장 모자 같은 거 쓰고 그물 수리하는 분, 어디서 많이 본 덩치 아니냐?"

영은이가 3루 방향 그물을 가리켰다. 등에 '서울특별시 공무수행'이라 적힌 청록색 조끼를 입은 남자가 그물을 조몰락거리며 꿰매고 있었다. 나는 눈을 가늘게 뜨고 쪼그려 앉은 남자의 뒷모습을 관찰했다. 억지로 몸을 구겨 넣은 듯한 메시 조끼가 곧 터질 것만 같았다.

"저 카우보이모자, 경비 초소 윤 보안관님 모자 같은데?"

하늘이도 턱을 손으로 톡톡톡 치며 의구심 가득한 눈길로 남자를 뚫어지게 쳐다봤다. 영은이가 남자의 덩치를 보고, 하늘이가 남자의 모자를 보고 있을 때. 나는 팔에 번져 있는 흉터를 봤다. 내 다리에 새겨진 문양과 꼭 닮은 그 흉터를.

엄마. 엄마였다. 엄마는 결국 왔다. 안도감이 마음 가득 번졌고, 나는 그제야 깨달았다. 내가 엄마에게 투정이란 걸 부렸다는 사실을. 엄마는 그 투정을 받아준 것이다.

"민찬이 어머님!"

하늘이가 소리쳤다. 반가움이 가득 담긴 맑고 고운 목소리로. 작고 노란 카나리아처럼. 귀엽게.

"민찬이 어머님 맞죠?"

"근무 중입니다."

엄마가 돌아보지 않고 대답했다.

"어머님, 거기서 뭐 하세요? 모자 뭐예요? 설마 위장술은 아니죠?"

영은이가 크게 웃음을 터트리자, 더그아웃에 있는 선수들이 우르르 우리 곁으로 몰려왔다. 모두 카우보이모자를 쓰고 청록색 공무수행 조끼를 입은 남자가 우리 엄마라는 것을 단번에 알아차리고 박장대소를 했다.

"아, 근무 중이라고요!"

"아니 덩치를 깎고 오셨어야죠. 100미터 뒤에서 봐도 어머님 덩치인데."

"공무수행 방해하면 잡혀갑니다."

"어머님, 뒷모습이 조신해요! 앞모습도 보여주세요!"

"그물 바느질하는 손끝이 야무져요! 계란샐러드 잘 말아줄 것 같아요!"

엄마는 고개를 푹 숙이며 다 받아줄 테니 마음대로 하라는 듯 허탈하게 웃었다.

"아줌마! 라면 끓여주세요!"

하지만 영은이의 마지막 한 방에 자리에서 벌떡 일어나

뒤를 돌았다.

"이것들이 진짜!"

아줌마라는 호칭은 역시 받아들이지 못한 것 같았다. 하늘이가 까르르 웃으며 내 팔을 꼬집었다.

"아야!"

"내가 이겼지? 이 인류애의 세계도 모르는 꼬맹아!"

5회 말이었다. 끝까지 한 점도 내주지 않던 백팀 투수의 집중력이 갑자기 무너졌다. 이닝을 끝낼 수 있었던 투아웃의 순간 연달아 실수를 저질러 두 명의 선수를 출루시켰고, 그 바람에 청팀에게 뜻밖의 기회가 찾아왔다.

마침 1루와 2루에 나간 선수들의 발이 빨라 공이 외야로만 빠져나가도 충분히 점수를 낼 수 있는 상황이었다. 하지만 이제 남은 기회는 단 한 번뿐이었다. 공이 뜨기라도 하면 이 기회는 그대로 사라질 터였다.

지금이 오늘 경기의 하이라이트가 될 것이라고 모두 직감했다. 그리고 이렇게 중요한 타이밍에 타석에 들어가게 된 선수는 바로 나, 최민찬이었다. 나는 크게 배트를 휘두르며 타석으로 걸어갔다.

"인류애, 비슷하면 휘둘러. 들어온 것 같으면 그냥 쳐."

더그아웃 근처에서 공무수행 중이신 엄마였다. 나는 엄마와 눈을 마주치고 고개를 끄덕였다.

앞선 두 개의 공을 쳤다. 둘 다 포수 뒤로 높이 날아가며 관중석으로 넘어갔다. 파울이었다.

"나이스 타이밍!"

"나이스 배팅이야, 괜찮아, 괜찮아!"

이미 유리한 상황을 잡은 백팀 투수가 포수 영은이와 잠시 신호를 주고받았다. 이어 던진 공은 볼이었다. 나는 배트를 휘두르지 않고 지켜봤다.

"안 속네."

"두 시간 뒤 경기 하이라이트에 나올 장면을 1열에서 라이브로 보고 있는 걸 감사하게 생각해, 친구야."

다음 공도 변화구의 볼이었다. 다시 한번 꾹 참고 배트를 휘두르지 않았다. 포수마스크 너머로 영은이의 목소리가 새어 나왔다.

"굿 아이."

나는 배트를 등 뒤로 당기며 낮게 말했다.

"굿 아이 별로야. 직구 줘."

투수는 다시 영은이의 신호를 확인했고, 고개를 끄덕인 뒤 천천히 몸을 돌렸다.

비슷하면 휘둘러.

비슷하면 휘둘러.

비슷하면 휘둘러.

그리고,

드디어 오늘의 하이라이트.

깡.

경기는 2 대 1로 끝났다. 승부를 가른 마지막 점수를 만든 건 다름 아닌 나, 최민찬이었다.

하지만 청팀 투수의 공을 담장 밖으로 보내며 투수의 완봉승을 저지한 사람은 애증의 전 마누라 이영은이었다.

“너 근데 아까 진짜 도루하려고 했냐?”

영은이가 한쪽 눈썹을 내리며 짓궂게 물었다.

“당연하지. 그럼 넌 아까 진짜 던지려고 했냐?”

“당연하지.”

우리는 오른손으로 세게 하이 파이브를 하며 동시에 말했다.

“나이스.”

“나이스.”

민찬아, 늦어서 미안해. 아빠 교문 앞에서 기다리고 있어.

나는 휴대폰을 끄고 주변을 둘러봤다. 엄마는 퇴근했는지 보이지 않았다. 어디로 퇴근했을까. 휴가는 끝난 걸까. 하고 싶은 말도 듣고 싶은 이야기도 많았지만 일단 급한 일부터 해결해야 했다. 최동우와 회장님과의 저녁 식사 말이다. 나는 서둘러 교문 쪽으로 걸었다. 이미 8시가 넘었는데도 전혀 배고프지 않았다.

차에 등을 기대고 선 최동우가 누군가와 대화를 나누고 있었다. 터질 것 같은 청록색 조끼가 얼핏 보였다. 나는 보안 초소 뒤로 슬쩍 몸을 숨겼다.

"만호야, 지 회장님 댁 투수 코치로 가. 지환희 선수 어머니가 연락했다며."

엄마는 입을 크게 벌리고 늘어지게 하품했다.

"보수가 부족한 거면 내가 다른 코치 자리 알아봐 줄게. 지금 민찬이 덕분에 너 몸값 엄청 오른 거 알지?"

엄마는 청록색 조끼를 벗어서 탈탈 털었다. 티셔츠가 땀에 흠뻑 젖어 있었다.

"공무원 월급 얼마나 된다고 이러고 살아? 자격 수당은 월 50은 되니? 그 박봉에 감정노동, 육체노동까지 하면서 흉하게 엄마 소리나 듣고. 왜 그러고 있어?"

"백만 원."

"뭐?"

"자격 수당 백만 원이라고. 그리고, 그 '엄마' 소리 들으려고 이러고 있는 거야, 나."

최동우를 쳐다보는 엄마의 눈에 비친 건 화가 아닌 연민이었다.

"야, 최동우. 넌 민찬이한테 뭐가 되고 싶냐? 아니, 민찬이 이용해서 뭐라도 되고 싶은 건가? 그것도 아니면 네 아버지가 아들이 못 한 거 손자라도 데려가서 이루고 싶대? AS 안 되는 불량품은 신제품으로 교체해 오라고 하시디? 최동우, 너 왜 그러고 사냐? 어떻게 아직도 그러고 살아. 서글프다, 서글퍼."

"말 곱게 해라, 백만 원짜리 새끼야."

최동우의 목소리가 떨리기 시작했다.

"민찬이 머리카락 아버지한테 넘긴 건 너 아니야? 너야말로 돈 바라고 그런 거 아니냐고."

"머리만 모자란 줄 알았더니 마음도 모자라네."

엄마는 하늘을 보며 크게 한숨을 내쉬었다.

"네 아버지가 유전자 검사하자고 하면 민찬이가 순순히 할 것 같아? 절대 안 하지. 그럼 네 아버지 성격에 어떻게 하겠어? 강제로 하겠지. 멘털 관리가 제일 중요한 운동선수한테 그런 일을 겪게 하는 게, 그게 아빠냐?"

"멘털 관리는 내 옆에 두고서 전문가한테 체계적으로 받게 할 거야."

"네 아들이 아닐지도 모르잖아! 검사 결과 불일치로 나오면 접근하지 않는다며. 결과 나올 때까지는 근처에 가지 않기로 약속했잖아! 내 조건은 그거 하나였어! 너도 들었을 거 아니야. 근데 그 며칠을 못 참고 약속 어기고 애한테 접근한 이유가 뭐야? 말 나온 김에 묻자."

최동우는 입을 굳게 다물고 마른세수했다. 나랑 쌍둥이처럼 똑 닮은 길고 곧은 손가락이었다.

"그것도 네 아빠가 시켰냐? 야, 네가 그러고도 아빠야?"

나는 후문으로 달려가며 휴대폰으로 택시를 불렀다. 목적지는 정해져 있었다.

붉은 벽돌 건물 꼭대기에는 아직 불이 켜져 있었다. 한달음에 계단을 올라 8층으로 올라갔다. 비상구 문을 두드리자 저번에 봤던 비서님이 휘둥그런 눈으로 나를 쳐다봤다.

"최 회장님 계시죠?"

복도를 달려가 두꺼운 문을 두드릴 때까지, 단 한 순간의 망설임도 없었다.

"시끄럽게 누구야!"

"최민찬입니다."

문이 열리자마자 회장님에게 큰 소리로 말했다.

"최 회장님. 저 회장님이랑 같이 살기 싫습니다. 물론 최동우 씨랑도요. 전 제가 살고 싶은 사람과 살겠습니다. 피가 섞이건 안 섞이건 그런 건 개뿔 잘 모르겠습니다. 그냥 제가 택한 엄마랑 살겠습니다. 죄송하진 않습니다."

회장님은 매서운 눈길로 한참 동안 나를 쳐다봤다. 나도 흔들리지 않고 시선을 마주했다. 그때, 내가 회장님을 찾아왔다는 사실을 어떻게 알았는지 최동우가 헐레벌떡 뛰어 들어왔다. 회장님은 최동우를 보지 않았다.

"그래? 그래라."

천하태평인 말투였다. 그러고는 소파에서 일어나 커튼 뒤에 가려져 있던 옷장 문을 열고 재킷을 꺼냈다.

"근데 조건을 걸어야지. 세상에 꽁으로 되는 게 어디 있어? 설마, 그냥 생떼 부리러 온 건 아니지? 어린애도 아니고."

조건. 바로 내가 바라던 바였다.

"맞습니다. 꽁으로 되는 건 없죠. 회장님, 혹시 야구 잘 아십니까?"

"모른다면?"

"아시게 될 겁니다. 봉황대기 결승전 노히트노런 승리투수. 그게 제 조건이니까."

회장님을 향해 허리를 숙여 인사하고 집무실을 나섰다. 인사는 언제나 정중하고 예의 있게. 가벼운 발걸음으로 밟은 카펫이 얼마나 폭신한지 감탄이 차오를 때쯤, 나는 채 닫히지 않은 문틈 사이로 새어 나오는 소리를 들었다.

"네 새끼가 너보다 낫다, 이 등신아."

숨차게 뛰어 올라갔던 계단을 날 듯이 상쾌하게 내려오며 엄마에게 메시지를 보냈다.

엄만호 씨, 할 이야기가 있어요. 집으로 와주세요.

답장은 예상보다 빨랐다.

집이야.

집까지 가는 30분 동안 아주 근사한 말을 생각해 내고 싶었다.

현관문을 열자 고소한 버터 향이 집 안을 가득 채우고 있었다. 버터 향이 포근하고 따뜻하게 느껴질 수도 있다는 걸 처음 알았다. 부엌을 두리번거리다 식탁 위에 놓인 오믈렛을 보고 내 눈을 의심했다. 그간 내가 잠결에 만든 계란말이보다 엉터리였던 오믈렛이, 신라호텔에서 사 왔다고 해도 믿을 정도로 완벽한 모양새를 갖추고 있었다.

식탁 가운데에는 작은 케이크와 못 보던 화분이 놓여 있었다. 아보카도가 크고 단단한 씨앗을 가르고 기어이 새싹을 틔워낸 것이다. 엄마가 화분에 옮겨 심은 듯했다. 막 태어난 새싹에서 흙냄새가 났다. 초록빛과 흙빛이 어우러진 그 잎은 아주 작고 연약하지만 그만큼 소중했다. 엄마는 식탁을 등지고 서서 싱크대를 느릿느릿 정리하는 중이었다. 방금 행주로 훔쳐 깨끗한 자리를 다시 닦고, 왼쪽으로 옮겼던 그릇을 괜히 오른쪽으로 다시 옮겼다.

"엄마."

내 부름에 잠깐 멈추더니 엄마가 뒤를 돌았다. 눈앞으로 다가온 중요한 선고를 최대한 미루고 싶은 사람처럼 아주 천천히. 뒤돌아선 엄마는 못 보던 레이스 앞치마를 입은 채, 또 웃고 있었다.

"훌륭한 선수로 성장할 수 있는 기회야."

"알아요."

주어가 생략됐지만, 우리 둘 다 무슨 뜻인지 정확히 알고 있었다.

"케이크는 뭐예요. 아보카도 생일이에요?"

엄마는 피식 웃으며 거실 불을 껐다. 엄마 생일인가 머리를 굴렸으나 엄마의 생일은 나처럼 눈 내리는 겨울이라고 했던 게 생각났다. 어둠 속에서 엄마는 촛불 두 개를 케이크에 꽂고 불을 붙였다. 이건 인류애, 이건 나, 라는 말과 함께.

"꼭 생일에만 태어난 걸 축하하라는 법은 없으니까."

케이크의 촛불을 바라보던 엄마의 시선이 나를 향했다. 그 시선은 눈과 코와 입을 지나 귀 뒤에 있는 점으로 옮겨갔다.

"태어난 걸 축하해, 인류애. 정말 잘 태어났어."

태어난 걸 축하해. 정말 잘 태어났어.

한겨울에 태어난 사람에게 한여름의 생일 축하라니. 엄마는 정말 스트라이크존 안에 들어가지 않는 사람이다. 하지만 나는, 고작 그 한마디를 듣기 위해 지금까지 살아온 것처럼 무방비하게 행복했다.

민트색 촛농이 케이크 위에 눈물처럼 똑 떨어졌다.

"얼른 촛불 꺼. 소원 빌고."

나는 목이 메어오는 걸 참으며 큼큼 목을 가다듬었다.

"엄마도 태어난 거 축하해요."

"그래. 고마워."

엄마가 활짝 웃으며 하나, 둘, 셋을 외쳤고 두 개의 촛불이 동시에 꺼졌다.

"먹어봐, 신라호텔 빰치는 오믈렛."

거실 불을 켠 엄마는 냉장고에서 우유를 꺼내 투명하고 긴 유리잔에 담았다. 부드러운 연노랑빛을 띤 폭신폭신한 오믈렛에 조심스럽게 포크를 갖다 댔다. 씹기도 전에 순식간에 한 조각이 꿀떡 넘어갔다. 커다랗게 자른 조각을 다시 입안으로 가져갔다. 엄마는 내 평가를 기다리는지 침을 꼴깍 삼키며 앞치마에 손바닥을 연신 문질렀다.

"그거, 웃기려고 입은 거예요?"

엄마는 앞치마의 레이스를 들어 나에게 보여줬다.

"옷에 계란이 많이 묻더라고. 하늘이 엄마한테 하나 빌렸는데 상당히 상남자 스타일이야. 물기 흡수도 잘되고 좋아. 여태 왜 안 썼나 몰라."

"이걸 언제 연습했어요?"

"오다가다."

별일 아니라는 듯이 앞치마를 벗는 엄마의 팔뚝엔 못 보던 작은 흉터들이 있었다. 아직 딱지도 앉지 않아 연분홍색인 흉터들을 보니, 내가 없는 동안 엄마의 시간이 무엇으로 채워졌는지 알 것 같았다. 앞치마를 입고 뜨거운 프라이팬 앞에서 겪었을 엄마의 무수한 실패 속엔 내가 있었다. 엄마는 혼자 있을 때도 나와 함께였다.

나는 포크를 내려놓고 아보카도를 바라봤다.

"이렇게 싹을 틔운 아보카도가 열매를 맺는 데 10년이 걸린대요."

나는 내가 낼 수 있는 가장 진지한 목소리로 말했다. 담담한 표정을 지으려고 애썼으나 눈치 없는 심장이 갈비뼈 바깥까지 튀어 올랐다. 자꾸만 아래로 떨어지는 고개를 들어 엄마를 쳐다보는 데 큰 용기가 필요했다. 이제 아주 중요한 이야기를 할 차례였다.

"그러니까…… 정성은 아주 감사한데요. 오믈렛을 저녁으로 먹는 사람이 어딨어요. 내일부터는 매일 아침 식사로 부탁드려요. 언제까지냐면요. 우리 아보카도가 열매를 맺고 그걸로 샐러드 만드는 날까지요."

거짓말 조금 보태 야구공만 해진 엄마의 눈이 분주하게 행간을 더듬는 동안 나는 한마디를 덧붙였다. 진짜 하고 싶은 말이었다.

"물론, 엄마가 괜찮으시다면요."

흔들리던 엄마의 눈동자가 멈추더니 곧은 시선으로 나를 바라봤다.

"내 의견이 필요해?"

"아니요. 도움이 필요해요."

"위급 상황이야?"

"굉장히요."

"넌 또 나를 지목했고. 굳이."

"공교롭게도 그렇게 됐어요."

"위급 상황 대처 방법 잊었어?"

"그럴 리가요. 하지만 그 방법을 쓰면 엄마가 빠져나갈 구멍이 없어지잖아요. 꼼짝없이 지목당한 거니까. 소박하게 구멍을 만들어드린 거예요."

잘 알겠다는 듯이 진득하게 고개를 끄덕이는 엄마를 보니 꽝꽝 언 동태 같았던 심장이 말랑한 황태포처럼 연약해졌다.

"아니, 사실 그 구멍은 저를 위해서예요. 엄마가 저랑 같은 마음이 아닐지도 모르니까, 덜 상처받으려고요. 왜냐면 저는……."

나는 엄지손톱 밑에 삐죽 올라온 거스러미를 문질렀다.

"……저는, 최동우와 김사랑의 아들이잖아요."

엄마는 자리를 박차고 일어나 냉장고에서 차가운 보리차를 꺼내 벌컥벌컥 들이켰다. 그리고 단호하게 말했다.

"틀렸어."

나는 엄마를 물끄러미 올려다봤다. 엄마는 처음으로 화를 내고 있었다.

"너는 그냥 최민찬이야."

단조롭지만 음절마다 강력한 힘을 지닌 목소리였다.

"다른 무엇보다도 늘 그게 먼저야. 누구의 무엇이 아닌, 그냥 최민찬. 알겠지?"

나는 크게 고개를 끄덕였고 그제야 엄마는 표정을 풀었다. 다시 식탁에 앉아 케이크를 잘라 그릇에 올려주는 엄마를 보며 나는 계속 쭈뼛댔다. 그래서 계속 엄마로 있어줄 건지 묻고 싶은데, 차마 입 밖으로 나오지 않았다.

"그러지 뭐."

내 마음은 언제나 엄마에게 손쉽게 읽히고 만다.

"인류애라는 게 그런 거니까?"

"아니. 네가 최민찬이니까."

엄마는 천장에 닿을 것처럼 팔을 길게 뻗어 늘어지게 기지개를 켰다. 별일 없었다는 듯이 안연하고 평화롭게.

"근데, 네이선 최가 그렇게 하라고 해? 순순히 그럴 양반이 아닌데."

"그래서 말인데요."

"응."

"저 사고 쳤어요."

우리는 한여름의 크리스마스 같은 날을 기념하며 거실에 이불을 폈다. 선풍기 두 대가 돌아가고 있는 불 꺼진 거실 바닥에 누우니 우주선에 탄 것 같았다. 불규칙적이던 엄마의 숨소리가 점점 고르게 가라앉았다.

"엄마."

"응."

"근데, 요 며칠 동안 왜 그렇게 기분이 좋았어요? 솔직히 연봉 많이 주는 데로 이직할 생각에 좀 기뻤죠?"

엄마는 얇은 이불 속에서 내 허벅지를 사정없이 걷어찼다. 눈물 나게 아팠다.

"조인트 날리려다 참은 줄 알아!"

흐트러진 이불을 다시 끌어 올려주며 엄마는 말을 이었다.

"예전에 본 다큐멘터리에서 유난히 기억에 남은 장면이 있어. 양쪽 절벽을 잇는 투명한 다리 위를 돌배기 아기가 무서워하지도 않고 웃으면서 기어가는 거야. 어른도 벌벌 떨 만한 높이였거든. 어떻게 저게 가능하지, 하고 지켜봤는데 다리 건너편에 누가 있었게?"

"음. 엄마?"

"땡. '웃. 고. 있. 는' 엄마."

그 말을 하는 엄마의 얼굴에도 살며시 미소가 떠올랐다.

"아기는 엄마가 웃으면 그냥 따라 웃는다더라. 엄마가 울면 울고, 엄마가 아무렇지 않으면 아기도 별거 아니라고 생각한다고. 넌 아기는 아니지만, 어찌 됐든 나한테는 내가 선택한 인류애잖아. 내가 아무렇지 않게 행동하면 너도 별일 아니라고 생각할 것 같아서. 그래서 그랬지."

조금씩 줄어들던 엄마의 목소리가 갑자기 폭발하듯 커졌다.

"아니, 근데 생각할수록 기막히네. 봉황대기 결승전 노히트노런을 조건으로 걸고 오는 멍청한 놈이 어딨어? 그 자신감 어디 필요한 사람들한테 기부할 수 없냐? 내 팔자야. 인류애 너 내일부터 극기 훈련 시작이니까 마음 단단히 먹어! 알겠어? 대답 안 해?"

나는 코를 드르렁드르렁 대차게 고는 시늉을 했고 엄마는 내 코를 잡아 흔들었다. 째깍째깍 벽시계의 초침 소리와 함께 선풍기 바람이 솔솔 불어와 나도 모르게 까무룩 잠이 들었다.

엄마와 함께 우주선을 타고 노란 반달로 날아가는 꿈을 꿨다. 우리는 착륙하지 않고 반달을 뚫고 솟아올랐다. 우주선 문을 열고 나가보니 달의 10번 출구였다. 여름이었고, 눈이 내렸다.

9.
한복판에 스트라이크

"오믈렛 하나 먹여놓고 이러기예요? 수건만 몇 번째 휘두르는 거예요! 500번 넘었죠? 공 한 번 못 쥐어보고 훈련 끝나게 생겼네. 이게 진짜 맞아요?"

나는 자리에 주저앉았다. 엄마가 예고한 극기 훈련은 그냥 극기 훈련이 아니라 지옥 훈련이었다. 일단 훈련 시간부터 평소의 두 배가 넘었다. 새로운 구종을 배우려면 부상을 방지하는 게 먼저라며 스트레칭과 워밍업 시간을 대폭 늘렸고, 상하체 근력운동도 추가됐다.

"최 선생님, 이제 300개 했거든요? 구종 배우는 게 하루아침에 뚝딱 되는 줄 알아? 포크볼도 직구처럼 던져야 한다고 했지. 직구 던질 때처럼 팔을 끝까지 쓰라고! 집중 안

해? 자세 자꾸 풀린다. 포크볼도 직구처럼!"

엄마가 손에 쥔 스톱워치를 멈췄다.

"그럼 그냥 직구를 던지죠!"

"장난하냐? 응, 장난하네. 자, 다시. 던지는 속도도, 팔 휘두르는 궤적도, 공 놓는 순간도 전부 같아야 해. 그래야 타자를 완벽하게 속일 수 있다고. 포크볼 던진다고 내리꽂으면 안 던지는 것만 못해. 이해했지?"

"이해는 했는데요, 꼭 포크볼 연습을 해야 해요? 그냥 직구 스피드 올리는 게 낫지 않아요?"

어이없다는 듯이 코웃음을 치는 엄마의 티셔츠도 온통 땀으로 젖어 있었다.

"응. 네가 네이선 최한테 노히트니 뭐니 잘난 척 안 했으면 그래도 됐지. 무기가 필요해. 상대 팀이 아직 분석하지 못한 새로운 걸로."

나는 체감 500번, 실제로는 300번 휘두른 수건으로 얼굴 전체를 문질렀다.

"엄마, 우리 좀 안 맞는 것 같아요. 갈 길이 다른 거 같은데 그냥 이쯤에서 헤어……"

"시끄러워! 네가 노히트 못 하면 어차피 그쯤에서 헤어지게 돼 있어!"

너무 맞는 말이어서 아무 대꾸도 못 하고 입술을 삐죽거리는 나를 보며 엄마는 눈을 반짝였다. 먹잇감인 지렁이를 발견한 덩치 큰 수탉처럼.

"자, 많이 쉬었지? 다시 50개, 시작!"

"엄마, 근데 최 회장님은 왜 네이선 최라는 영어 이름을 써요?"

그라운드에 누워 홍시 같은 노을을 바라보다가 불쑥 궁금해졌다.

"글쎄. 뭐, 이름이 엄청 촌스러운 거 아닐까? 민망할 정도로?"

"그런 것 같죠?"

나는 몸을 일으켜 엄마 옆에 앉았다.

"춘식이, 봉식이, 호식이일 수도?"

"아니면 용팔이, 덕배, 봉춘이일 수도요?"

엄마는 옆에 있는 생수병 하나를 내게 던졌다.

"봉춘이 받고 돌쇠 하나 더."

두둑, 하고 생수 뚜껑 열리는 소리가 들렸다.

"아, 이걸 빼먹을 뻔했네!"

나는 생수를 들이켜는 엄마의 뒤통수에 나지막이 속삭

였다.

"만호."

"이게 진짜!"

엄마는 뚜껑 열린 생수병을 내 얼굴 앞에서 위아래로 흔들었다. 살얼음 낀 물이 튀어 오르며 한껏 달아올랐던 얼굴을 식혀줬다. 배가 무지 고팠다.

* * *

고교야구 최고의 승부를 볼 수 있는 봉황대기 결승전이 곧 시작됩니다.

첫 봉황대기 우승의 꿈을 향해 거침없이 질주하고 있는 풍향고등학교와 명문의 자존심을 걸고 칼날을 갈며 기다리는 광남고등학교. 각자의 꿈을 지키기 위해 간절한 두 팀이 만났습니다.

내세우는 전력도 다릅니다. 풍향고의 주 무기가 상대 타선을 완벽하게 틀어막는 투수 운영이라면, 광남고는 폭발력 있는 타선으로 상대를 압도합니다. 오늘 경기에서 주목할 선수들을 뽑아보자면 단연 풍향고의 에이스 투수로 자리 잡은 최민찬 선수와 광남고의

거포형 4번 타자 지환희 선수입니다.
봉황대기 전까지만 해도 최민찬 선수의 가장 강력한 무기는 직구였는데요. 이번에는 완벽한 포크볼을 들고 등장했습니다. 포크볼은 직구에 강한 투수들이 투구 패턴의 변화를 주고 업그레이드할 때 주로 장착하는 구종인데요. 높은 타점에서 직구처럼 뻗어 나오다 타자의 눈앞에서 사라지는 최민찬 선수의 포크볼이 실로 놀랍습니다. 명실상부 광남고의 4번 타자인 지환희 선수는 8강까지는 안타를 치지 못하며 부진한 모습을 보여줬지만 경민상고와 치른 지난 4강전에서 홈런 두 방을 터뜨리며 멋지게 부활했습니다. 새로운 구종인 포크볼을 앞세워 타자들을 추풍낙엽처럼 날려버리는 최민찬 선수와 이에 불방망이를 들고 맞설 지환희 선수의 승부에 결승전의 승패가 달려 있다고 해도 과언이 아닙니다.
야구팬이라면 절대 놓쳐서는 안 될 이번 경기, 팝콘 들고 기다리시죠.
잠시 후 10시에 뵙겠습니다. 서울 목동야구장입니다.

기필코 무슨 일이 일어나서, 기어코 어떤 일도 일어나지 않아야 하는 오늘. 봉황대기 결승전이 열리는 목동야구장의 날씨는 끝내주게 맑음. 풍향고 선발투수 최민찬의 컨디션도 두말할 것 없이 끝내주게 좋음.

그래서, 뭐, 떨리냐고?

"개떨려."

더그아웃 벤치에서 어깨를 푸는 내 옆에 앉은 엄마는 연신 다리를 덜덜 떨어댔다. 선글라스를 꼈다가 머리에 올렸다가 티셔츠에 꽂았다가 다시 빼서 머리를 벅벅 긁기까지 했다.

"엄마, 다리 좀 가만둘 수 없어요? 정신 사나워 죽겠어요."

"야, 인류애. 넌 안 떨리냐? 어떻게 된 애가 이렇게 감정이 없냐?"

"감정이 없는 게 아니라 잘 다스리는 겁니다. 덩칫값도 못 하고 새가슴이시네."

마지막 말은 엄마의 귀에 겨우 들어갈 만큼 소리를 줄였다.

"네가 네이선 최랑 도박하고 오지만 않았어도 내가 이렇게 체면 구길 일은 없지."

엄마는 역정을 내면서도 내 어깨와 팔꿈치를 양팔로 잡고서 부드럽게 돌렸다.

나는 관중석에 제법 들어찬 사람들을 훑어봤다. 영애 할머니를 찾고 있었다. 해외 촬영 때문에 6개월 넘게 못 만난 할머니가 오늘 경기를 보러 오겠다고 했다. 하지만 내 눈에 띈 건 영애 할머니가 아니었다. 지구상에 몇 남지 않아 보호가 필요한 아주 여리고 아주아주 커다란 생명체…….

"민찬 군! 만호 씨!"

곱게 가르마를 탄 머리를 밧줄처럼 땋아 내린, 공무원 강원도 강릉 씨였다. 공무원은 약속했던 것처럼 그라운드와 가장 가까운 1열 관중석에 앉아 높이 뻗은 두 손을 양옆으로 흔들고 있었다. 대관령의 풍력발전기처럼. 나도 공무원을 향해 손을 흔들었지만, 그만큼 사랑스럽지는 않았을 거다. 영은이가 내 옆에 서서 공무원을 유심히 살피며 말했다.

"거참 묘하네. 브라키오사우루스인데 몹시 청순해."

엄마가 고개를 끄덕였고 나는 피식 웃었다. 그때, 라커룸이 소란스러워지더니 하늘이가 다급하게 뛰어왔다.

"민찬아! 할머니!"

인파에 둘러싸인 영애 할머니가 매니저의 경호를 받으며 더그아웃으로 들어왔다. 날카로웠던 할머니의 표정은 나를 보자 눈 녹듯이 풀어졌다. 나는 한달음에 달려가 할머니의 어깨를 감싸안았다.

"아이고, 우리 민찬이. 고사리 같은 손에 굳은살 생긴 것 좀 봐. 가여워라."

엄마는 입술을 삐죽거리며 '그 고사리가 던지는 공에 사람 맞으면 죽습니다' 하고 혼잣말했다. 다행히 할머니는 듣지 못한 것 같았다.

"아참. 할머니, 이분이 제가 말씀드렸던 가족 지원 공무원이세요. 엄만호 씨라고…… 음, 조금 생소하실지도 모르지만 제 엄마세…… 요."

내 손을 쓰다듬던 할머니가 동작을 멈추고 한참 동안 엄마를 쳐다보았다. 그러더니 이내 쓰고 있던 선글라스까지 벗고 눈을 가늘게 뜨며 살폈다. 엄마는 고개를 숙이다 만 애매한 자세로 할머니의 눈길을 받고 있었다. 영 탐탁지 않은 할머니의 반응에 입이 바싹 말랐다. 그런데 자세히 보니 할머니는 엄마가 아닌 엄마 뒤쪽을 응시하고 있었다. 할머니가 보고 있는 건 라커 룸 문을 열고 들어오는 최동우와 회장님이었다. 할머니와 회장님의 동공이 점점 확대되더니 둘은 동시에 큰 소리로 외쳤다.

"영애 누나!"

"어머, 이게 누구야! 얘, 진실아!"

진실. 네이선 최의 본명은 춘식이도, 덕배도 아닌, 진실.

최진실이었다.

홍영애와 최진실이 뜻밖의 만남으로 회포를 풀러 더그아웃 밖으로 나간 뒤, 나는 충격에서 헤어나지 못하는 엄마의 어깨를 주무르며 말했다.

"엄마. 이건 국가 차원에서 이름 개명시켜야 하는 거 아닌가요. 명백한 명예훼손인 것 같은데요."

"국가가 잘못했네. 내가 당장 공문 보낸다."

경기 시작 15분 전. 내가 던진 마지막 포크볼을 확인한 엄마와 영은이는 동시에 고개를 끄덕였다. 우리는 같이 불펜 밖으로 나왔다. 엄마는 곧 관중석으로 올라가야 했다. 영은이가 먼저 더그아웃으로 돌아가고, 나와 엄마 둘이 남았다.

"인류애."

"걱정하지 마세요."

"내가 왜 포크볼을 가르쳤는지 알지? 도망가는 게 아니라 속이는 거야."

"알아요."

선글라스 뒤에 가려진 엄마의 눈빛에 어떤 감정이 어려있는지 알 수 있었다.

"우리 처음 만난 날, 내가 한 말 기억해? 진짜 중요한 경기, 특히 9회 말 투아웃에서는."

"겸손해야 이긴다."

"기특하네."

엄마는 내 등에 손을 올렸다.

"겸손해야 이겨."

생각만큼 크고 생각보다 따뜻한 엄마의 손, 그 손이 주는 굳센 기운을 느끼며 나는 씩씩하게 고개를 끄덕였다. 내가 씩씩해야 엄마도 씩씩할 테니. 하늘이가 가벼운 발걸음으로 나를 데리러 왔다.

"선발! 감독님이 찾으셔."

나는 하늘이에게 글러브를 들어 보이며 엄마를 향해 말했다.

"금방 올게요."

두유 사러 간다고 말하는 것처럼 대수롭지 않게.

엄마는 대답했다.

"3분 안에 와."

경기 시작 1분 전, 그라운드 위에 솟은 마운드를 바라봤다. 나를 비추는 마운드의 핀 조명과 그 빛 아래 홀로 우뚝

선 등번호 1번 최민찬이 봉황대기 결승전에서 노히트노런이란 기록을 세우고 내려가는 상상을 하며 마음을 다졌다. 그때, 눈앞에 손 하나가 불쑥 등장했다. 손바닥만 봐도 하늘이였다. 아기 판다 푸바오의 손바닥처럼 말랑하고 통통하고, 믿을 수 없게 귀여운. 바로 지금이 하늘이에게 못 했던 그 말을 해야 하는 순간이었다. 나는 글러브를 낀 손을 하늘이의 손바닥에 갖다 댔다.

"김하늘."

하늘이의 이름을 힘주어 불렀다. 성까지 붙여 하늘이의 이름을 부른다는 것은, 굉장히 중요한 말을 시작한다는 증거. 이 말을 듣기 전으로 되돌릴 수 없을 거라는 예고. 그러니 들을 준비를 하라는 신호.

하늘이는 고개를 갸웃했다. 내 신호가 하늘이에게 무사히 전달된 것 같았다.

"첫 번째 삼진은 네 거야."

하늘이의 우주처럼 짙은 눈동자에 펼쳐지는 은하수를 본 뒤 마운드로 향했다. 오늘 경기를 마치고 나면 글러브 없는 맨손으로 하늘이의 손을 꼭 잡고 말겠다고 다짐하며. 경기 시작을 알리는 심판의 휘슬 소리가 경쾌하게 퍼졌다.

초구는 누구의 사인도 받지 않는다. 초구는 당연히, 한복판에 스트라이크.

저울은 4회에 움직였다. 투수가 아무리 잘 버텨도 점수를 내지 못하면 이길 수 없는 게 야구였다. 상대 투수의 실수로 시작된 기회에 빠른 발로 내야 안타 하나가 만들어졌고, 이어진 타구는 외야 담장 끝에 맞고 튀어 올랐다. 순식간에 2 대 0이 되었다.

5회가 끝나고 마운드에서 내려오자 부원들의 응원 소리가 한꺼번에 밀려왔다. 희망으로 부풀어 오른 목소리들에 귀가 먹먹해질 정도였다. 나는 아직 단 한 번도 안타를 맞지 않고 있었다. 상대에게 내준 출루는 볼넷 하나뿐이었으며, 삼진은 차곡차곡 쌓였다. 완벽에 가까운 흐름이었다.

아직 한 번도 안타를 맞지 않고 노히트노런 기록 달성의 5부 능선을 넘은 투수의 마인드컨트롤에 방해가 될까 봐 부원들은 나에게서 멀찌감치 떨어져 있었다. 평소에 하던 거친 장난도 삼가는 모습이었다. 나는 차분하게 호흡을 가다듬으며 복도로 나섰다. 그라운드를 정리하는 동안 약간의 여유가 있었다.

"야, 최민찬."

복도 끝에서 익숙한 목소리가 들렸다. 환희 형이었다.

형은 앞선 두 타석에서 내 포크볼로 삼진을 당했다. 자존심에 제대로 상처를 입은 이번 경기의 키플레이어 4번 타자는 화가 머리끝까지 올라와 있을 것이었다.

"쫄리냐?"

환희 형의 얼굴에 비웃음이 번졌다. 나는 이 표정을 잘 알았다.

"결정구로 포크볼이 뭐냐? 와, 최민찬이 도망도 다니네. 귀엽다? 에라 모르겠다, 냅다 직구 꽂아버리는 그 깡 어디 갔어?"

"도망가는 게 아니라 속이는 거야."

나와 형 사이, 약 2미터의 거리는 좁혀지지 않았다.

"나한테 얻어맞을까 봐 무섭지?"

내 신경을 긁으려고 일부러 하는 말인 걸 알면서도, 감정이 이성보다 먼저 반응했다.

"형, 내 공 못 쳐. 형이 더 잘 알 텐데."

이 말을 하고 싶었던 건 아니었다.

"아니, 쳐. 나 평생 너 새끼 직구만 보고 살았어."

나는 환희 형의 눈에 가득 담긴 독기를 보았다. 정수리 마녀의 눈빛과 똑같았다.

"도망가지 말고 정면 승부 해. 내 평생이 달렸으니까."

"형."

대답을 듣지도 않고 뒤도는 환희 형의 유니폼이 나처럼 땀으로 젖어 있었다.

"형만 평생 아니야. 나도 평생이야."

앞으로 나아가던 환희 형의 발걸음이 잠시 멈췄다.

"우리 둘 다 평생이라고."

우리의 평생이 공평하게 쌓인 그라운드, 그 그라운드 위에서 누군가는 이기고 누군가는 반드시 져야만 했다. 빌어먹을 공평함이 기다리고 있는 그라운드로 나는 묵묵하게 발걸음을 옮겼다.

신이 작정하고 내 인생을 드라마로 만든 것 같은 날이 있다. 삶에서 몇 번 찾아오지 않는 그런 날, 신이 짠 이 극적인 판이 비극이 될지 희극이 될지는 나 자신에게 달렸다.

9회 말 투아웃, 여전히 2 대 0의 점수 차. 풍향고의 첫 번째 봉황대기 우승과 최민찬의 노히트노런까지 단 하나의 아웃카운트가 남은 클라이맥스에서 신은 기어코 환희 형을 등장시켰다.

나는 마운드에 서서 온종일 벤치를 지키고 있지만 나보다 더 땀을 흘리고 있는 후보선수들과 하늘이의 유니폼에 시선을 고정했다. 두 손과 다리를 모으고 정면을 향해 자세를 고쳐 서니 눈앞에는 영은이가 있었다. 영은이는 포수 보호대로 가려진 가슴을 양손으로 툭툭 치더니 엄지를 치켜들었다. 철로 만든 마스크와 단단한 상체 보호대를 찬 영은이는 갑옷을 입고 방패를 든 중세 시대 기사처럼 보였다. 관중석에서 두 손을 모으고 나를 지켜보고 있을 사람들이 머릿속을 스쳐갔다. 공무원과 영애 할머니, 그리고 나의 첫 엄마이자 마지막 엄마가 될, 엄만호.

투 스트라이크 노 볼. 환희 형은 내가 던진 두 개의 공을 맞혔다. 하지만 포수 뒤로 넘어가는 파울이었고, 이 파울볼의 의미는 스윙 타이밍이 맞았단 뜻이었다. 형은 확신에 찬 듯 고개를 크게 끄덕이며 헬멧을 고쳐 썼다.

나는 글러브 속에서 공을 빈틈없이 손에 쥐었다. 손안에서 단단하게 차오르며 뭉쳐지는 야구공을 느끼며 긴 숨을 내쉬었다. 영은이의 첫 번째와 두 번째 사인에 고개를 저었다. 고개를 갸웃하며 세 번째로 낸 사인에 나는 마침내 고개를 끄덕였다. 기다리던 사인이었다. 마스크 사이로는 잘 보이지 않지만, 영은이의 입과 눈은 아마도 이렇게 말하고 있을 것이다.

'이 도른자 새끼!'

나는 지금 해야 하는 단 한 가지 일에 집중했다. 호흡을 내뱉고 크게 와인드업했다. 그 순간, 모든 소리가 멀어지듯 사라졌고, 유니폼 소매를 스치는 공기의 감각만이 또렷하게 느껴졌다. 왼팔을 어깨 뒤로 세게 당기고 가슴을 강하게 내밀었다. 공의 실밥이 검지와 중지를 촘촘하게 긁으며, 오늘의 마지막 공이 마침내 내 손에서 빠져나갔다. 처음부터 정해져 있었던, 오늘의 결정구였다.

깡!

최민찬 선수, 직구를 던집니다! 이런 게 고교야구의 낭만이지요.

물러서지 않고 한가운데로 들어온 공을 지환희 선수가 크게 걸어 올렸습니다!

홈런! 노히트를 깨는 지환희 선수 솔로홈런입니다!

풍향고 대 광남고. 최종 스코어 2 대 1.

풍향고는 야구부 창단 이래 봉황대기 첫 승리의 영광을 얻었고, 그 영광스러운 경기의 승리투수는 나 최민찬이 되었다. 하지만.

마운드에서 내려가니 엄마가 서 있었다. 아주 큰 웃음을 지으면서 말이다. 엄마가 웃으니 너도 웃어도 된다는 그런 넉넉한 눈빛과 함께.

나는 천천히 걸어가 엄마를 마주했다. 차마 아무 말도 하지 못하고 고개를 숙인 나를 보며 엄마도 한참을 말없이 서 있었다. 고개를 들어 앞을 보니 덩치 큰 수염 난 아저씨가 하늘을 올려다보고 있었다. 그곳에 뭔가를 두고 온 사람처럼 아득하게. 그곳으로 다시 돌아가야 하는 사람처럼 막막하게. 그곳에 해답이 있는 사람처럼 간절하게. 얼마 후, 엄마는 천천히 고개를 내려 나와 눈을 마주쳤다. 그리고 그 두툼한 손을 나의 두 어깨에 올렸다.

"3분. 참 길다, 그치?"

끝까지 참으려 했던 눈물이 기어코 펑 터져 나왔다. 멈추려고 할수록 눈물은 더 거칠게 쏟아졌다. 엄마는 내 머리를 천천히 쓰다듬었다. 누군가의 머리를 처음 쓰다듬는 사람처럼, 닳아 없어질까 봐 조심조심. 그러다 나를 꼭 안았다. 놓쳐서는 안 되는 무언가를 붙잡는 듯한 손길이었다. 엄마는 내 울음이 잠잠해질 때까지 말없이 등을 토닥였다. 그제야 나는 태어나 처음으로 마음껏 울고 있다는 걸 깨달았다. 그리고 태어나 처음으로 마음껏 울어도 되는 곳에 와 있다는 것을 깨달았다.

"괜찮아. 아들, 너무 잘했어."

그 한마디에, 장마철에 터져버린 낡은 파이프처럼 몸 안에 눌러 담아두었던 것들이 무참하게 터져 나왔다. 나는 그대로 엄마 품에 안겨 엉엉 울어버렸다. 형편없고, 모양새도 없이. 평생 놀림거리가 될 거라는 걸 알았지만 그 어떤 것도 추스를 수 없었다. 눈물도, 콧물도, 슬픔도, 절망도. 그중에서 가장 끝까지 남은 감정은 후회였다.

엄마 말대로 겸손했었다면, 만약 그랬더라면.

울음을 삼키며 꺽꺽거리느라 내 말은 더 이상 말이 되지 못했다.

나는 엄마를 잃은 아이처럼 중얼거렸다.

"엉엉…… 꺽꺽…… 엄마 말…… 꺽꺽…… 들을걸…… 흐어엉…… 엉엉……."

* * *

붉은색 벽돌 건물 앞에 도착한 엄마와 나는 결연한 표정으로 회장님의 집무실을 올려다봤다.

"엄마. 이게 정말 통할까요?"

"진실이 형님도 옛날 사람이니까, 의외로 클래식한 방법이 먹힐지 몰라."

집무실 문을 여니 소파에 앉아서 느긋하게 음악을 감상하던 회장님이 엄마와 나를 슬쩍 쳐다봤다. 우리가 찾아올 거라고 예상한 듯했다. 나는 책장 앞에서 CD를 고르고 있는 최동우에게 꾸벅 고개를 숙였다.

엄마와 나는 회장님이 앉은 소파에서 50센티미터 정도 떨어진 거리에 섰다. 나에게 눈짓한 엄마가 조용히 하나, 둘, 셋을 셌다. 그러고 나서 우리는 동시에 회장님 앞에 무릎을 꿇고 쓰고 있던 야구모자를 벗었다. 비장하게 머리카락을 밀어버린 엄마와 나의 머리통이 까끌까끌했다. 우리는 침을 꼴깍 삼켰다.

"뭐, 어쩌라고."

회장님은 어쩔 수 없다는 듯 안타까운 표정을 지어 보였다. 미간을 좁히며 입술까지 쭉 내미는 모양이 '진실'처럼 보였다.

"야, 너네는 야구한다는 놈들이 일구이무도 몰라? 안 돼."

회장님의 갑작스러운 공격에 준비한 말을 미처 꺼내지 못하고 있는데, 엄마가 선창했다.

"야구하는 사나이! 사나이는 삼세번!"

나는 눈을 질끈 감고 뒤따라 큰 소리로 외쳤다.

"회장님! 사나이는 삼세번 아닙니까! 한 번만 더 기회를 주십시오!"

엄마와 나는 숨도 쉬지 않고 조용히 건물을 빠져나왔다. 그러고는 새어 나오는 웃음과 벌렁거리는 콧구멍을 단속하며 소리 없이 하이 파이브를 했다. 엄마는 벗었던 모자를 다시 썼다.

"역시, 우리 진실이 형님은 사나이였어. 암, 사나이는 낭만이지."

밑져야 본전이라는 생각에 엄마가 시키는 대로 하긴 했지만, 나는 이 상황이 왜 단칼에 해결된 건지 이해할 수 없었다. 고개가 계속 갸우뚱했다.

"이거 맞아요? 대체 왜 통한 거예요? 너무 유치하잖아요!"

"원래 인생은 유치한 거야, 인마."

엄마는 까끌까끌한 내 머리를 손바닥으로 마구 비볐다.

"아! 모자!"

이런 꼴로 밖을 돌아다니는 건 봉황대기 승리투수에게는 벌칙이나 다름없었다. 헐레벌떡 뛰어 올라간 집무실 앞에서 나는 문밖으로 흘러나오는 회장님과 최동우의 대화를 듣게 됐다.

"네 새끼가 너보다 낫다. 나아, 이 등신아."

"아버지, 왜 허락을……."

"걘 나한테 개기잖아. 나를 이겨먹으려고 하잖아!"

회장님은 굉장히 만족스러운 목소리로 말하고 있었다.

"패기! 패기가 흘러넘치잖아! 아유…… 예뻐죽겠네, 그냥."

정말로, 세상은 이해할 수 없는 것투성이였다.

"모자는?"

"진실이 형님한테 기념으로 드리려고요."

엄마는 어깨를 들썩였다. '그러거나 말거나'.

"저녁 뭐 먹을래?"

"음, 라면? 계란 넣어서?"

"좋지. 무슨 라면으로 할까?"

"말해 뭐 해요. 당연히……"

"안성탕면!"

"안성탕면!"

우리는 식탁에 머리를 맞대고 앉아 뜨거운 라면 면발을 입김으로 후후 불어 삼켰다. 끝내주게 맛있었다.

"엄마."

"응?"

"만약에 우리 이야기를 드라마로 만든다면요. 지금 같은 결말 어때요?"

"계란 넣은 라면 나눠 먹는 결말?"

"네."

"지극히 평범해 빠진 결말이지."

"상당히 힘 빠지는 결말이죠?"

"아주 약해빠진 결말이고말고."

"그런데요, 엄마. 이렇게 평범한 결말을 가지는 게 평생의 꿈이었던 사람도 있어요. 저처럼요."

에필로그

나는 마이마이를 손에 꼭 쥐고 사랑이를 기다렸다. 엄마가 노름판에서 돈 대신 집어 왔다는, 꼴도 보기 싫었던 카세트 플레이어가 우습게도 나의 유일한 취미가 된 지 오래였다.

얼마 전 라디오에서 우연히 들은 노래가 마치 내 마음 같았다. 며칠을 라디오 앞에서 그 노래가 다시 나오길 기다렸다가 녹음하는 데 성공했다. 오늘 그 노래를 사랑이에게 꼭 들려주겠다고 다짐했다. 내 마음 대신이었다.

사랑이가 가방에서 따끈따끈한 삶은 계란 두 알을 꺼내 나에게 내밀었다. 언제나 그랬듯, 그중 더 큰 것으로. 우리는 조용히 계란 껍질을 벗겼다. 나는 이어폰 한쪽을 사랑이에게 내밀고 재생 버튼을 눌렀다. 사랑이가 이어폰을 귀에 꽂자 전주가 흘러나왔다.

"근데, 만호 너는 왜 맨날 여기서 음악을 들어? 집에서 듣지 않고."

"집에는 엄마가 있으니까."

"나는 집에 엄마 있는 애들 부럽던데. 우리 엄마는 바빠서 집에 잘 없거든."

"난 엄마가 싫어. 우리 엄마는 집에 있어도 날 안 봐."

사랑이는 고개를 가만히 끄덕였다. 다 안다는 듯한 눈빛으로.

"엄마가 너를 봐주면 하고 싶은 거 있어?"

"있지."

"뭔데?"

"자랑할 거야."

"무슨 자랑?"

"오늘 흔들리는 이를 손으로 씩씩하게 빼버렸다, 엄청 매운 김치를 먹었다, 뭐 그런 거."

사랑이가 소리 없이 웃었다.

"그새 키가 3센티미터 더 컸다, 농구하다가 드리블로 두 명을 제쳤다, 그런 거."

"유치해. 되게 유치하다, 만호 너."

사랑이가 내 팔을 툭 치며 하늘을 올려다봤다. 구름 사이로 노란 반달이 떠 있었다.

"너는? 엄마랑 하고 싶은 거 있어?"

"음, 내가 엄마가 되면 해주고 싶은 건 있어."

사랑이의 어깨에 눈송이가 톡, 떨어졌다. 윤종신의 목소리가 귓가에 울렸다.

애니 혹시나 알고 있나요, 내가 사랑한다는 걸

"너랑 똑 닮은 아이라면 엄청 귀엽겠네. 공부도 잘하고, 엄마 말도 잘 듣고."

"에이, 싫어. 내 아이는 나를 하나도 안 닮으면 좋겠어. 그래서 공부도 안 하고, 내 말도 안 들으면 좋겠어."

"왜?"

"그래야 진짜 해주고 싶은 걸 해줄 수 있으니까. 난 그날을 자주 상상해."

"그날이 어떤 날인데?"

"내 아이가 엄마 말 안 듣고 사고 치고 오는 날."

사랑이는 마치 아름다운 꿈을 꾸는 것처럼 행복해 보였다.

"그날 뭘 해주고 싶어?"

사랑이는 눈송이를 받으려는 듯 두 손을 모아 앞으로 내밀었다.

"머리를 쓰다듬어 줄 거야."

그러고는 고개를 돌려 나를 지그시 바라봤다. 마치 내가 자신의 아이라도 되는 듯이.

"그리고 꼭 안아주면서 이렇게 말할 거야."

마치 내 눈 속에 자신의 아이가 들어앉아 있는 듯이.

"괜찮아. 아들, 너무 잘했어."

작가의 말

2004년의 일입니다. 수능시험을 한 계절 앞둔 18살의 여름이었습니다.

'하면된다'

제가 다녔던 독서실의 이름입니다.

무엇을 '해서' 무엇이 '되고' 싶은지는 아무리 궁리해도 답을 찾을 수 없었던 날들의 연속이었습니다. 그러나 '하면된다' 독서실의 시절을 기어코 통과한 나, 어쨌든 무언가가 되어 있을 내가 궁금하기도 했습니다.

난 뭐가 될까? 뭐가 되어 있을까?

백 년에 한 번 올까 말까 하는 별똥별 쇼가 그날 밤 9시부터 펼쳐진다고 했습니다. 시간당 수백 개의 별들이 떨어질 것이라고 했어요. 세상에. 한 개가 아니라 수백 개라니요.

한 개의 별똥별을 조각내어 나눠 갖기엔 우리는 간절한 것이 아주 많았습니다. 수백 개의 별똥별이라면 간절함의 무게를 재 등수를 매기지 않아도 괜찮았습니다. 내 간절함이 너의 간절함보다 견고하고 진실되다고 멋없는 자기합리화를 하지 않아도 되었습니다.

저와 친구들은 삼각 커피 우유를 사 들고 '하면된다' 독서실의 옥상으로 올라갔습니다. 얼마 지나지 않아 옥상은 총천연색 소원을 품은 학생들로 가득 찼습니다. 멀뚱하게 서서 하늘을 올려다보던 우리는 어느 순간 차가운 콘크리트 옥상 바닥에 누웠습니다.

적당한 바람이 불었습니다. 풀벌레 소리도 들렸던 것 같습니다. 라일락 향기를 맡은 것도 같아요. 별은 아직 하늘에 총총 떠 있었고요. 누군가의 MP3에서는 이승기의 '누난 내 여자니까'가 흘러나왔습니다. 오랫동안 사법고시를 준비하던 고시생 오빠는 담배를 피우며 흥얼흥얼 노래를 따라 불렀습니다.

누워 있는 사람들의 옆얼굴은 연약했습니다. 하나같이 무방비해서 아름다웠지요. 어쩐지 지금이라면 모든 것을 털어놓아도 좋을 것 같다는 생각이 들었습니다. 내게 모든 것을 털어놓아도 이해해 줄 수 있을 것 같다는 생각도 함께요.

그날 저는 한 아이의 다짐을 들었습니다. 스무 살이 되면 저를 세상에서 가장 행복한 사람으로 만들어주겠다던 그 아이의 비장함을 들으며 저는 강물처럼 웃었습니다.

아니, 어쩌면 울었을지도 모르겠습니다. 아니, 고백하자면 사실은 전부 다 확신이 없습니다. 바람이 불었던가, 풀벌레가 울었던가, 꽃향기를 맡았던가. 그래서, 별똥별은 정말로 떨어졌던가. 소원을 빌었던가. 그때의 내 소원 안에는 누가 들어 있었을까. 모두 다요.

그런데 이상하지요. 이 기억이 종종 저를 살립니다.

제가 『백만 원짜리 엄마』를 청소년소설로 쓰게 된 이유도 바로 이 기억 때문입니다. 학창 시절은 다 자란 어른들의 판타지라는 생각을 자주 합니다. 그 시절을 돌아보면 자주 환상적이고요, 매번 공상에 빠집니다. 어쩌면 될 수 있었던 나를 상상하고, 어쩌면 되었던 것도 같은 나를 상상합니다.

별똥별이 비처럼 쏟아지는 날 독서실 옥상 시멘트 바닥에 누워있는 나를 상상합니다.

그리고 기댑니다.

그 시절의 나빴던 나에게, 그 시절의 좋았던 나에게.

그 시절의 슬펐던 나에게, 그 시절의 기뻤던 나에게.

초라했던, 멋졌던, 엉망이었던, 용기 있었던 나에게 말입니다.

인생에 딱 한 번 겪을 수 있는 판타지 시절을 여러분은 어떻게 통과하고 계실지 궁금합니다.

무겁고 거칠고 뿌옇고 두려울 것 같아 마음이 시립니다.

그렇지만요.

이 시절의 울퉁불퉁한 경험과 휘몰아치는 감정은 누구도 빼앗아 갈 수 없는 자신만의 것임을 잊지 않아주셨으면 합니다. 조금 특별한 일상의 장면들을 많이 만들어 두시길 강력하게 기원합니다. 비가 오면 그냥 비를 맞아보시고, 눈이 오면 당근 코가 달린 눈사람도 만들어보세요. 유치하다고 서로 놀려대면서 말이에요. 신발을 짝짝이로 신고 학교에 가보기도 하고, 삭발도 해보고, 장발도 해보고요. 무지개의 시작점도 찾아가 보고, 별똥별의 추락점을 향해 달려가보기도 했으면 합니다. 그런 장면들은 분명히 아름답게 편집되고 그럴듯하게 각색되어 훗날의 나를 살게 만들 겁니다.

힘들었던 장면들은 영웅서사가 될 겁니다. 여러분의 인

생은 청춘멜로물이고 휴먼드라마고 호러물이고 액션물이고요, 돌고 돌아 결국엔 시트콤이 될 겁니다.

그렇게, 내가 나를 살리는 날이 분명히 있을 겁니다.

이 소설의 처음과 끝을 함께해 준 나의 첫 편집자, 정지혜 편집자님께 존경과 감사의 인사를 보냅니다. 당신의 작가일 수 있어서 영광이었습니다. 저는 이제 분홍색을 볼 때마다 편집자님이 생각납니다. 편집자님께서 주신 복숭아캔 음료는 아직도 제 책상 앞에 놓여 있습니다. 이 세상에 태어나게 해주신 박용규와 임정임, 감사합니다. 나를 다시 태어나게 해준 이경근, 감사합니다. 나의 아이로 태어나준 이진과 이도, 감사합니다. 나에게 언니로 태어난 기쁨과 슬픔을 알게 해준 박선진, 감사합니다.

'하면된다' 독서실에서 채 맺지 못했던 질문의 답을 20년 후의 내가 대답합니다.

나는 뭐가 되어 있어?

너는 오늘의 박수진이 되어 있어.

어쩌면 삶이란 것은 나로 태어나 오늘의 내가 되는 과정일지도 모르겠습니다.

여러분도 오늘의 여러분으로 자라고 계시겠지요.

그렇다면 우리는 이미 뭔가가 되어 있는 건지도 모르겠습니다.

내가 가진 제일 좋은 것을 드리고 싶다는 마음으로 썼습니다.

읽어주셔서 감사합니다.

2026년 봄, 박수진 드림.

추천의 말

박서련(소설가)

이런 엄마가 어딨어요? 배터리 몸 풀 때 가드 서주는 엄마, 막 자라기 시작한 수염 결대로 깎는 법 가르쳐주는 엄마, 키 180에 몸무게 88짜리 남자 엄마. 보시다시피 『백만 원짜리 엄마』는 좀 이상한 소설이다. 엄마라는 말과는 한참 거리가 멀어 보이는 사람이 엄마로 나오는데, 엄마의 자격 같은 건 따지지 않는다. 당연하지, 원래 가족이 되는 데에는 자격이 필요 없으니까. 하지만 정말 당연한가? 우리 대부분이 아무 자격도 조건도 없이 얻은 가족이라는 존재는 과연 정말로 당연하기만 한가? 이것이 『백만 원짜리 엄마』가 내게 남긴 질문이다. 때로 미소 짓고 자주 폭소하며 읽게 되겠지만, 어느 순간 날아오는 몸쪽 꽉 찬 직구 같은 깨달음은 당신을 조금 눈물짓게 할지도 모른다.

권희린(장충고 교사)

가족을 혈연이라는 운명적 끈으로만 정의하던 시대는 지났다. 소설 『백만 원짜리 엄마』는 '직업 가족 제도'라는 도발적인 상상력을 통해 가족의 본질에 질문을 던진다.

마운드 위에서 자신을 기다려줄 존재를 갈망하며 '가짜 엄마'를 고용한 소년 민찬. 그 부름에 응답한 이는 야구의 상처를 안고 사는 남자 '엄만호'이다. 엄마가 필요해 남자를 고용한 소년과 엄마로부터 도망쳤던 남자의 만남은, 가족의 핵심이 정해진 역할이 아닌 '서로를 바라봐주는 마음'에 있음을 증명한다. 이들의 관계가 온기로 변하는 지점은 평범한 일상에 있다. 계란프라이를 나눠 먹고 새벽길을 나란히 걷는 시간 속에서 두 사람은 서로의 결핍을 응시하며 보폭을 맞춰간다. 여기에 민찬의 세계를 지탱하는 포수 영은과 감독, 하늘이의 존재는 가족의 의미를 더욱 넓게 확장시킨다. 이 소설은 '가족'이라는 고정관념을 허물고 우리가 서로에게 어떤 존재가 되어야 하는지를 묻는다. 타인이 건네는 다정함만으로도 충분히 '진짜'가 될 수 있다는 사실은 그 자체로 깊은 위로다. 아보카도 씨앗에서 싹이 트길 기다리는 마음으로, 이 책이 전하는 낯설고도 따뜻한 온기를 함께 나누길 권한다.

백만 원짜리 엄마

초판 1쇄 인쇄 2026년 3월 9일
초판 1쇄 발행 2026년 3월 18일

지은이 박수진
펴낸이 김선식

부사장 김은영
콘텐츠사업본부장 임보윤
책임기획 정지혜 **책임편집** 정지혜 **책임마케터** 이고은
콘텐츠사업10팀장 강혜진 **콘텐츠사업10팀** 정지혜
마케팅사업1팀 이고은, 지석배, 최민경, 김은지 **홍보1팀** 김민정, 홍수경, 변승주
브랜드사업본부장 정명찬 **브랜드홍보팀** 오수미, 서가을, 박장미, 박주현
영상홍보팀 이수인, 염아라, 이지연, 노경은
편집관리팀 조세현, 김호주, 백설희 **저작권팀** 성민경
재무관리팀 하미선, 임혜정, 이슬기, 김주영, 오지수
인사총무팀 강미숙, 김재경, 김혜진, 김주림, 황종원
제작관리팀 이소현, 김소영, 유미애, 이지우, 이승협
물류관리팀 김형기, 김선진, 주정훈, 양문현, 채원석, 박재연, 이준희, 최대식
외부스태프 **일러스트** 봉현 **디자인** 형태와내용사이

펴낸곳 다산북스 **출판등록** 2005년 12월 23일 제313-2005-00277호
주소 경기도 파주시 회동길 490
전화 02-704-1724 **팩스** 02-703-2219
이메일 dasanbooks@dasanbooks.com
홈페이지 www.dasan.group **블로그** blog.naver.com/dasan_books
용지 스마일몬스터 **인쇄** 한영문화사 **코팅 및 후가공** 평창피엔지 **제본** 한영문화사

ISBN 979-11-306-7733-0 (43810)